CHANSONS POLITIQUES,

IMPRIMERIE DE MADAME PORTHMANN,
ruc du Hasard-Richelieu, 8.

NOUVELLES

CHANSONS

politiques,

PAR ALTAROCHE.

PARIS,

PAGNERRE, ÉDITEUR,

RUE DE SEINE, 14 BIS.

1838

AVEC ce second volume j'aurais voulu réimprimer le premier tome des *Chansons politiques*, dont un succès, dû à la cause plutôt qu'à l'avocat, a complètement épuisé deux éditions. Mais il y aurait aujourd'hui à courir trop de chances de fortune pour mon éditeur, trop de chances de liberté

CHANSONS

Politiques,

PAR

ALTAROCHE.

—

3e Édition.

—

PARIS,

PAGNERRE, EDITEUR,

RUE DE SEINE, 14 BIS.

1838

pour moi dans cette réimpression d'un recueil qui, pourtant, a vu passer sans poursuites deux éditions sous le contrôle du ministère public, non-seulement pendant six mois, délai de la prescription légale, mais même pendant deux années. Il semblerait qu'après avoir subi cette épreuve, le volume doit être maintenant une propriété inattaquable et sacrée? Aux yeux de la raison, du sens commun et de la justice, oui; mais aux yeux de la loi, non. Sous ce rapport, comme sous beaucoup d'autres, la loi n'est pas toujours la justice, le sens commun et la raison; au contraire.

Deux moyens de droit sont dressés comme deux menaces contre tout usage que l'éditeur voudrait faire actuellement de la propriété du premier volume. Si j'en parle, ce n'est point à cause de cette propriété, qui n'en vaut guère la peine; c'est pour montrer quelles absurdes inconséquences nos législateurs ont introduites depuis vingt ans dans nos codes, sous prétexte de garanties.

En premier lieu, le parquet a la prétention d'établir comme règle générale qu'une nouvelle édition, fût-elle exactement conforme à vingt autres qui l'auraient précédée, renouvelle le droit de poursuites du ministère public (1). Avec ce système, il n'est livre si vieux, si inoffensif, dont une nouvelle édition ne puisse, en raison d'un caprice ou des circonstances, exposer l'éditeur à la prison et à l'amende. Publiez demain une millième édition du *Télémaque* de Fénélon, et le parquet aura le

(1) Il faut même ajouter que cette singulière prétention a été admise par la cour d'assises, au détriment de notre éditeur Pagnerre, qui fut condamné à six mois de prison, dans l'affaire des *Républicaines*. Il est fâcheux qu'une négligence de forme ait empêché M. Pagnerre de faire décider cette question importante par la cour de cassation.

droit de la faire saisir; il peut traduire dès aujour-
d'hui devant la cour d'assises M. Paulin, qui vient
de publier une trois-centième édition des œuvres
de Voltaire; et je vous prédis sérieusement que le
temps n'est pas loin où l'on déférera aux tribu-
naux la centième édition des chansons actuelles de
Béranger. La loi dit-elle vraiment cela, ou les pro
cureurs du roi le lui font-ils dire? Je ne sais; mais
dans le premier cas, tant pis pour la loi: dans l'autre, tant pis pour les procureurs du roi.

En second lieu, les lois de septembre sont sur-
venues depuis la dernière édition des *Chansons
politiques*. Comme, dans notre droit, les lois n'ont
pas d'effet rétroactif, la propriété de ces chansons,
acquise avant les lois de septembre, ne devrait
pas, en bonne justice, être supprimée ou du
moins suspendue par elles. C'est possible; mais,
bien fou qui s'y fierait! Il est vrai que si l'état avait

besoin, dans un intérêt de commodité publique,
de me déposséder d'un pied de terrain ou d'un
pan de mur, il devrait me payer préalablement le
pan de mur ou le pied de terrain; il est vrai encore que l'état, lorsqu'il a exproprié dernière-
ment M. Duchatelier au profit du monopole des
tabacs, a payé tant bien que mal la poudre à priser
de M. Duchatelier. Mais si, par les lois de septembre, l'état, dans un prétendu intérêt d'ordre
public, me dépossède de mon œuvre et détruit ma
propriété littéraire, il ne songe pas à m'indemni-
ser. Allons donc! qu'est la propriété littéraire,
fruit du travail de l'intelligence, à côté d'une mu-
raille de moëllons, d'un champ de betteraves, ou
de quelques feuilles sèches propres à fabriquer de
la poudre sternutatoire?

Est-ce la loi elle-même qui parle ainsi, ou bien
est-ce son interprétation qui lui fait tenir ce langage? Je ne sais encore; mais c'est le cas de répé-

ter : Si c'est la loi, tant pis pour la loi; si ce sont les interprétateurs, tant pis pour les interprétateurs.

Et le pouvoir nomme des commissions et prépare des lois pour garantir la propriété littéraire contre les plagiats de l'intérieur et les contrefaçons de l'étranger! Eh! pour Dieu, messieurs, ce n'est pas là sa plus grande plaie! elle est dans ce droit exorbitant de saisie qui, en suspendant préventivement la propriété, l'annihile quelquefois; elle est dans cette faculté de poursuites à chaque édition nouvelle, qui rend la prescription illusoire. Quand nommerez-vous des commissions, quand présenterez-vous des lois pour défendre la propriété littéraire contre le machiavélisme de vos codes?

Par toutes ces raisons, le mieux est, pour ceux qui se trouvent dans ce cas, de laisser dormir leur propriété littéraire jusqu'à des temps où les lois soient, sinon meilleures, du moins plus libéralement interprétées.

C'est ce que je fais. En attendant, voici un second volume composé tout entier en vue ou sous l'empire des lois de septembre. Si le mouvement, soit en avant, soit en arrière, est réellement la loi du monde organisé, il doit arriver nécessairement, dans un temps donné, de deux choses l'une : ou que le premier volume pourra être réimprimé, ou qu'on ne pourra plus même réimprimer celui-ci.

Ce 1er mars 1838.

CHANSONS POLITIQUES.

LA CHANSON N'EST PAS MORTE.

A M. SCRIBE (1).

Air du Ballet des Pierrots.

Un rimeur de couplets comiques,
De la folle et vive chanson
Aux oreilles académiques
A fait la funèbre oraison.
Ingrat, à peine à son aurore,
Au tombeau déjà tu l'attends !
La chanson n'est pas morte encore,
La chanson doit vivre longtemps !

(1) On se souvient que, dans son discours de réception à l'Académie-Française, M. Scribe a dit que la chanson est désormais morte en France.

« La chanson flagelle les traîtres
Et les pillards du bien d'autrui ;
Du peuple elle fronde les maîtres ;
Qu'aurait-elle à faire aujourd'hui ?...»
Ce beau programme qui l'honore
Lui promet des jours éclatants.
La chanson n'est pas morte encore,
La chanson doit vivre longtemps !

Dans sa mission vengeresse
N'est-il point de vitupérer
Ceux qui violent la promesse
Qu'on les vit eux-mêmes jurer ?
Oui, s'il faut qu'elle remémore
Leurs serments à nos exploitants,
La chanson n'est pas morte encore,
La chanson doit vivre longtemps !

La censure aux prudes alarmes
Veut, dans un étroit horizon,
Borner l'esprit par des gendarmes,
Des amendes et la prison.

Crois-tu que la rouille dévore
Les ciseaux de ses noirs Tristans?
La chanson n'est pas morte encore,
La chanson doit vivre longtemps !

Et cette jeune et belle armée
Dont ils compriment la valeur;
Une bourgade consumée
Suffit-elle à sa noble ardeur?
Il faut au drapeau tricolore
Des triomphes plus méritants;
La chanson n'est pas morte encore,
La chanson doit vivre longtemps!

Il faut bien que la chanson fronde,
Implacable comme un remord,
Certaine Thémis moribonde
Qui rêva des arrêts de mort.
Lorsqu'on livre à ce Minotaure,
De jeunes et forts combattants,
La chanson n'est pas morte encore,
La chanson doit vivre longtemps!

La muse que tu nous enterres

A-t-elle fini de compter

Les gros péchés des mandataires

Qui disent nous représenter ;

Les pots-de-vin dont se décore

La cave de tous nos traitants ?

La chanson n'est pas morte encore,

La chanson doit vivre longtemps.

Pour que la chanson vive, il reste

A ses traits plus d'un autre but.

Livre lui l'exorde *modeste*

Des orateurs de l'Institut.

Tout nouvel entrant y redore

Le faux galon des charlatans.

La chanson n'est pas morte encore,

La chanson doit vivre longtemps.

QUEL FROID !

AIR : *Ça n'se peut pas.*

Sans feu Paris ne peut plus vivre ;
Il court, tout crispé de frissons,
Secouant sa barbe de givre
Et son lourd manteau de glaçons.
Sous la laine où le vent pénètre,
Chaque nez rouge que l'on voit
Dit encor mieux qu'un thermomètre :
      Quel froid ! quel froid !

Dans sa mansarde crevassée,
Ouverte aux injures du temps,
Le pauvre sous la paille usée
Cache ses membres grelottants

2

Trop faible, en vain sa voix appelle
Le pain qui manque... A son vieux toit
Un seul hôte reste fidèle :
   Le froid ! le froid !

Le monarque, en dix-huit cent trente,
Sur ses pas amassait toujours
La foule enthousiaste, ardente,
Sous le chaud soleil des trois jours.
Mais quand sur le quai la cour passe,
Aujourd'hui, Seine et peuple, on voit
Tout immobile, tout de glace...
   Quel froid ! quel froid !

Toujours la gauche dynastique,
Eprise de programmes creux,
Poursuit sa futile tactique
De demi-pas, de demi-vœux.
Son éloquence en vain s'agite
Et tourne dans un cercle étroit;
Le peuple dit en passant vite :
   C'est froid ! c'est froid !

Chaque matin, près de Lisette,

Mon voisin, adroit séducteur,

Sans feu, dans une humble chambrette,

De sa flamme exprime l'ardeur.

Mais lorsqu'après l'amour en fraude,

L'amour conjugal le reçoit,

Quoique la chambre soit bien chaude,

    Quel froid ! quel froid !

En dépit des calorifères,

Le froid pénètre un peu partout,

Dans les salons des ministères,

Et même dans plus d'un grand raout.

A l'Institut où l'on sommeille,

Aux Cours où sans peine on s'assecit,

Aux Français où *l'art se réveille*,

    Quel froid ! quel froid !

Mais je sens, malgré ma douillette,

Qu'en mon corps le froid s'est glissé,

Car le feu sacré du poète

Est lui-même au froid exposé,

Je n'ai plus la force d'écrire
Et la plume échappe à mon doigt...
Cessons, car vous pourriez me dire :
C'est froid ! c'est froid !

LES MASQUES.

AIR : *Je suis vilain* (de Béranger).

C'est le grand jour des mascarades ;
Le bon public prend ses ébats,
Et partout sur nos promenades
Il fait cortége au mardi-gras.
Au froid, sur la dalle fangeuse,
Grippé, culbuté, suffoqué,
Il a pourtant mine joyeuse.....
   Il est masqué.   (*Quater.*)

Voyez ce jeune homme qui brille
Dans un équipage à blason.

C'est un noble fils de famille,
Héritier de bonne maison.
A sa glorieuse misère
Pour qu'un château soit colloqué,
La Cour en fait un Bélisaire...
      On l'a masqué.

Un tilbury se précipite...
Prenez bien vos précautions ;
C'est le Christ de la commandite,
Et le Calvin des actions.
Il éclabousse en fashionable
L'actionnaire interloqué.
Aujourd'hui, c'est un *honorable*...
      Il est masqué.

Ce gros joufflu, c'est le Neptune
Dont les tritons baignent Paris.
Il a liquidé sa fortune
Dans le peignoir à juste prix.
D'un A. V. qu'un cimier surmonte,

Son linge est aujourd'hui marqué.

Pour rire on en a fait un comte...

Il est masqué.

A la Pologne qu'il torture

Le czar promet paix et bonheur.

Le roi de Naple à sa future

De ses feux témoigne l'ardeur.

Il a le pied levé, l'infâme ! (1)

Et l'autre a ses canons braqués...

Peuple, alerte ! Prends garde, femme !

Ils sont masqués.

« Je veux une geôle lointaine,

Dit Rosamel, mais sans rigueurs.

Ma prison sera douce et saine ;

Sous les barreaux naîtront des fleurs. »

Ah ! si, pour ce projet sinistre,

(1) On sait que le roi de Naples, un jour de grossière orgie, s'oublia jusqu'à frapper du pied sa première femme.

Vos votes étaient extorqués, (1)

Vous jugeriez bagne et ministre...

Ils sont masqués.

On répète aux rois de la terre,

Que le peuple calme, enchanté,

S'endort dans son destin prospère,

Et fait fi de la liberté.

La part qu'il a peut lui suffire,

Dans son ilotisme parqué...

Ce n'est point là le peuple, sire !

On l'a masqué.

(1) Jusqu'à présent ils n'ont pu l'être, et il est probable que le projet de déportation à l'île Bourbon est provisoirement sacrifié. Mais ne nous hâtons pas de chanter victoire ; les gens de cour ne désespèrent pas plus de l'avenir que les peuples.

CŒLINA LA BLANCHISSEUSE.

Chronique du Dimanche-Gras.

Cœlina la blanchisseuse
　　Paresseuse,
Avait promis pour le soir
D'apporter à certain membre
　　De la chambre,
Gilet, chemise et col noir.

Ce député dans l'attente
　　Se lamente,
Epiant tout bruit de pas.
« Viendra-t-elle à l'heure dite,
　　La petite,
Pour me tirer d'embarras ? »

La cour donnant une fête,

Il s'apprête ;

Or, pour ce grand bal il n'a

Qu'une chemise assez belle ,

Et c'est celle

Que doit blanchir Cœlina.

« On admirera, je gage,

« Mon visage

« Et ma mise. Quand j'aura

« Ma chemise repassée

« Et plissée,

« Entre tous je brillerai.

« Nul n'entend mieux la toilette

« D'étiquette.

« Au dîner de samedi,

« Débarqué de ma province,

« Chez le prince

« J'ai passé pour un dandy.

« Ce soir à plus d'une dame,

« Sur mon âme !

« J'inspirerai de l'amour.

« Coureur de bonne fortune,

« A chacune

« J'en conterai tour-à-tour.

« Il faut savoir plaire aux belles.

« Oui par elles

« Il se peut que dès demain,

« Prix des travaux de la veille,

« Je m'éveille

« Un portefeuille à la main.

« Mais pourquoi la paresseuse

« Blanchisseuse,

« Tarde-t-elle si longtemps ?

« Fiez-vous à leur promesse !

« L'heure presse,

« Et je compte les instants.

« Faut-il qu'ici je demeure?

« Dieu, que l'heure

« Est rapide dans son vol !

« Oh ! la négligente fille

« Qui babille,

« Au lieu d'apporter mon col   »

Mais la douzième heure sonne,

Et personne

N'a dérangé le portier.

L'Honorable alors détale,

Et s'exhale

En jurons de charretier.

Pestant contre les grisettes

Indiscrètes,

Il se promène au hasard:

Puis un fiacre le transporte

A la porte

Du bal masqué de Musard.

Là, parmi les mille masques,
Fous fantasques
Qui grouillent dans ce volcan,
Il avise une poissarde
Qui hasarde
Un petit air de cancan.

Mais en cavalier fidèle,
Auprès d'elle,
Tout brodé de similor
Un gros Turc reste en consigne.
Dans la ligne
Ce Turc est tambour-major.

L'Honorable avec prudence
A distance
Envisage ce géant ;
Et reconnaît, ô surprise !
Sa chemise
Sur le dos du mécréant..

En se retournant il flaire

Un Macaire

Avec son col noir, pendant

Qu'à son côté droit se glisse

Un Jocrisse

Orné de son gilet blanc.

Mais la poissarde tempère

Sa colère,

En lui minaudant tout bas :

« A la porte va m'attendre !

« Pour'm'y rendre

« Je m'échappe sur tes pas. »

Cette fois la blanchisseuse

Oublieuse

Parut-elle au rendez-vous?

Ou dut-il l'attendre encore?

Je l'ignore;

Mais je puis dire, entre nous,

Que l'Honorable consomme
De la gomme.
A Musard comme au Château,
Ce n'est pas un portefeuille
Qu'il recueille,
C'est... un rhume de cerveau.

VOUS N'ÊTES PLUS LA FRANCE.

(1er Août 1835, jour de la présentation des lois de Septembre.)

Air : *Oh ! non , non , non !*
Vous n'êtes pas Lisette.

Bonne France, est-ce toi
Qui caches dans la boue ,
Sous un manteau de roi ,
Ta robe qui se troue ?

Oh ! non, non , non !
Vous n'êtes plus la France.
Silence ,
Non !
Ne portez plus ce nom.

Tu montrais en juillet

Bien plus noble apparence ;

Alors ton front brillait

De joie et d'espérance.

Oh! non , non , non !
Vous n'êtes plus la France.
Silence ,
Non !
Ne portez plus ce nom.

Lafayette a son bras

Te prit pure et docile ;

Mais aujourd'hui tu n'as

Que des sergents de ville.

Oh ! non, non , non !
Vous n'êtes plus la France,
Silence ,
Non !
Ne portez plus ce nom.

Tu donnais à tes preux

Des croix et des éloges :

3

Aujourd'hui, moins heureux,
Au bagne tu les loges.

Oh ! non, non , non !
Vous n'êtes plus la France.
Silence,
Non !
Ne portez plus ce nom.

Ton peuple transporté
Criait avec ivresse :
« Vive la liberté !
« Vive à jamais la presse ! »

Oh ! non, non, non !
Vous n'êtes plus la France.
Silence,
Non !
Ne portez plus ce nom.

« Il faut, Presse, en tous lieux
« Que ton éclat parvienne !

« Prends ton vol vers les cieux...

« Pour t'abattre à Cayenne. »

—

Oh ! non, non, non !
Vous n'êtes plus la France.
Silence,
Non !
Ne portez plus ce nom !

Vingt peuples insurgés

Voulaient te faire escorte ;

De fers ils sont chargés,

Et la Pologne est morte.

Oh ! non, non, non !
Vous n'êtes plus la France.
Silence,
Non !
Ne portez plus ce nom.

Ce bonheur si vanté

A passé comme un songe :

Ta Charte-vérité

N'est qu'un triste mensonge.

Oh ! non , non , non !
Vous n'êtes plus la France.
Silence,
Non !
Ne portez plus ce nom.

Le bandeau rayonnant

Qui ceignait ton front grave,

A ton cou maintenant

Semble un collier d'esclâve.

Oh ! non , non , non !
Vous n'êtes plus la France.
Silence,
Non !
Ne portez plus ce nom.

Au drapeau redouté

Que ton bras faible étale,

Le blanc seul est resté ;

Encor c'est un blanc sale !

Oh ! non , non , non !

Vous n'êtes plus la France.

Silence,

Non !

Ne portez plus ce nom.

LA RESTAURATION DES CHANTS D'ÉGLISE.

AIR : *J'ai pris goût à la république.*

Le *Te Deum* est à la mode (1);
Au vieux régime on l'a repris;
C'est un usage fort commode,
Surtout lorsqu'on y met le prix.
Mais, vu l'état de notre France,
Au lieu de ce chant consacré,
Il serait plus de circonstance
D'entonner le *Miserere.*

(1) Ces couplets furent publiés lorsqu'après l'attentat Fieschi, le *Te Deum* et la cérémonie religieuse des Invalides, qu'on nous fit payer 300,000 fr., préludèrent à un quart de conversion religieuse.

Toute garantie est sapée ;
Et près du théâtre Saqui,
C'est la charte qui fut frappée
Par la machine de Fieschi.
Hélas ! déjà son sang se glace
Et ses membres sont engourdis...
Pour la liberté qui trépasse,
Chantons vite un *De profundis.*

Ils auront beau, dans l'Ecriture,
Chercher les psaumes les plus grands,
Pour les coter sur la facture
Au prix de trois cent mille francs,
Je défie, en ces jours sinistres,
Qu'il puisse être jamais chanté,
A la gloire de nos ministres,
Magnificat ni *Laudate.*

Non ! non ! pour cette engeance grise
De pots-de-vins et saoule d'or,

Au lieu de l'*Hosanna* qu'on dise :
Med culpâ, — *Confiteor.*
Un surtout, qui dans notre Ithaque,
Le lendemain de Waterloo,
En croupe, derrière un cosaque,
Osa chanter l'*Introïbo* (1).

Puisqu'aujourd'hui le pouvoir quête
Des airs pour chaque diapason,
Jo soumets mon humble requête
Pour un air bien plus de saison.
Quand la France, triste et dolente,
Mère que la douleur abat,
Au pied de sa croix se lamente,
On devrait chanter le *Stabat.*

Mais au milieu des chants d'église,
On pourrait faire un meilleur choix.
J'en sais un qui, dans cette crise,

(1) M. Guizot.

Conviendrait à toutes les voix.

Vous pouvez être sûrs d'avance

Que l'Univers applaudira,

Quand cent mille bouches en France

Entonneront le *Libera*.

LES· FOUTRIQUETS (1).

AIR *du Vaudeville de la Garde Nationale.*

Foutriquets, qu'on se démène !

Foutriquets,

Bourrons bien nos paquets !

Alerte ! Dieu qui nous mène

Livre le monde aux Foutriquets.　　(*bis.*)

Saint Juillet, pour ta ruine

On nous a vus comploter ;

Mais de ceux qu'on assassine

(1) Cette épithète, que le maréchal Soult, dans son argot de troupier, a infligée à la plus petite en taille des excellences du Juste-Milieu, sert maintenant à désigner cette foule de chevaliers d'industrie politique qui ont exploité la révolution de juillet, et que la presse anglaise appelle des *aventuriers besogneux.*

Chez nous on peut hériter.

Foutriquets, qu'on se démène !
   Foutriquets ,
  Bourrons bien nos paquets !
Alerte ! Dieu qui nous mène
Livre le monde aux Foutriquets. (*bis.*)

Fils des Trois Jours, dans sa chûte

Le géant vous a meurtris.

Quand la probité culbute,

Nous trônons sur ses débris :

Foutriquets, qu'on se démène !
   Foutriquets ,
  Bourrons bien nos paquets !
Alerte ! Dieu qui nous mène
Livre le monde aux Foutriquets. (*bis.*)

Nous étions de pauvres hères

Arrosant d'eau nos festins ;

Nous sommes de gras compères

Nageant dans les pots-de-vins.

Foutriquets, qu'on se démène !
   Foutriquets,
  Bourrons bien nos paquets !
Alerte ! Dieu qui nous mène
Livre le monde aux Foutriquets. (*bis.*)

Sur nos manches qu'a flétries

La crasse des mauvais lieux ,

Etalons des broderies

Pour la dérober aux yeux ?

Foutriquets, qu'on se démène !
   Foutriquets,
  Bourrons bien nos paquets !
Alerte ! Dieu qui nous mène
Livre le monde aux Foutriquets. (*bis.*)

Ça , que ma femme devienne

Baronne avec écusson ,

Et qu'à la fois elle apprenne

La grammaire et le blason !

Foutriquets, qu'on se démène !

>   Foutriquets,
>   Bourrons bien nos paquets !
>   Alerte! Dieu qui nous mène
>   Livre le monde aux Foutriquets.   (*bis.*)

La presse qui nous reflète,

Nains et hideux nous fait voir.

Nous sommes laids?... Je décrète

Qu'il faut briser le miroir.

> Foutriquets, qu'on se démène !
>   Foutriquets,
>   Bourrons bien nos paquets !
>   Alerte ! Dieu qui nous mène
>   Livre le monde aux Foutriquets.   (*bis.*)

La Liberté devait faire

Le tour du monde, dit-on.

Elle fait, pour se distraire,

Chez nous des tours de bâton.

> Foutriquets, qu'on se démène !
>   Foutriquets,

Bourrons bien nos paquets !
Alerte ! Dieu qui nous mène
Livre le monde aux Foutriquets.   (*bis.*)

Il faut, chez les réformistes,
Pour le bagne faire un choix.
A quoi bon ?... prenons les listes
De nos amis d'autrefois.

Foutriquets, qu'on se démène !
      Foutriquets ,
      Bourrons bien nos paquets !
Alerte ! Dieu qui nous mène
Livre le monde aux Foutriquets.   (*bis.*)

Tes pavés sont nos idoles ,
Feu Juillet ! gloire aux pavés !
Aussi , pour bâtir nos geôles ,
Nous les avons réservés.

Foutriquets , qu'on se démène !
      Foutriquets ,
      Bourrons bien nos paquets !

Alerte ! Dieu qui nous mène
Livre le monde aux Foutriquets.   (*bis.*)

Notre âme à Dieu s'est soumise ,
Ame de vieux mécréants ,
Depuis que les chants d'église
Valent trois cent mille francs.

Foutriquets , qu'on se démène !
    Foutriquets ,
   Bourrons bien nos paquets !
Alerte ! Dieu qui nous mène
Livre le monde aux Foutriquets.   (*bis.*)

Pour que la vieille panique
N'assaille plus nos esprits ,
Déportons en Amérique
Nos écus et nos proscrits.

Foutriquets , qu'on se démène !
    Foutriquets ,
   Bourrons bien nos paquets !
Alerte ! Dieu qui nous mène
Livre le monde aux Foutriquets.   (*bis.*)

Honneur à qui sans reproches
Sert le mandat qu'il reçut !
Nous avons rempli nos poches ;
C'était remplir notre but.

Foutriquets, qu'on se démène !
                Foutriquets ,
        Bourrons bien nos paquets !
Alerte ! Dieu qui nous mène
Livre le monde aux Foutriquets.   (*bis.*)

LE VAINQUEUR DE JUILLET.

(PARODIÉ DE L'ORIENTALE DE VICTOR HUGO, INTITULÉE
Le Derviche.)

Un parvenu passait ; soudain un pauvre diable,
Maigre, et quasi-couvert d'un habit misérable
Sur la corde duquel un ruban bleu brillait,
Se traîne lentement, de son genou s'approche,
Et dit tout haut : « J'ai faim ! je n'ai rien dans la poche ;
    « Je suis un vainqueur de juillet ! »

Surpris, le parvenu fit d'abord la grimace ;
Mais voyant près de lui la foule qui s'amasse
Et craignant de passer pour un ladre grigou,
A la voix de cet homme il ralentit sa course,
Et tirant le mouchoir qui lui tient lieu de bourse,
    Glissa dans sa main un gros sou.

Celui-ci, qu'indignait cette mesquine aumône,

4

Fronça son brun sourcil, et d'une voix qui tonne,

    Prononça ces mots devant tous.

« A la face du ciel, faut-il que je déclare

« Ce qu'il nous doit, à nous, cet impudent avare

    « Qui me donne aujourd'hui deux sous?

« C'est aux fils de juillet qu'il doit la grosse rente

« Que le budget lui fait depuis dix-huit cent trente,

    « Et dont soigneusement chaque terme est touché ;

« C'est nous seuls, dont la voix aujourd'hui l'importune,

« Nous qui de notre bras avons fait sa fortune,

    « Tandis que dans sa cave il se tenait caché !

« Or, savez-vous pourquoi je me trouve à cette heure

« Sans pain, sans vêtements, sans travail, sans demeure ?

    « C'est que je suis sorti ce matin de prison.

« C'est le seul Panthéon qu'ici l'on nous adjuge !

« Six mois j'y suis resté, sans qu'une voix de juge

    « M'en ait dit le prétexte, à défaut de raison !

« Tandis que la prison retenait sa victime,

« Ma famille épuisait, centime par centime,

« Mon pécule chétif, pour acheter du pain.

« Ma femme, sous mes yeux, est morte de misère !...

« Il ne me reste plus aujourd'hui sur la terre

« Que son corps... et son fils qui meurt aussi de faim !

« Cet homme sait mes maux, il en a le remède ;

« Et lorsqu'à son aspect ma détresse intercède,

« Et sous lui, malgré moi, fait plier mon genou,

« Cet homme qui me doit tant de reconnaissance,

« Et qui voit sous ses yeux ma cruelle souffrance,

    « Cet homme me jette un gros sou !!! »

Le riche avait de l'or au fond de chaque poche ;

Il en portait assez, dans sa longue filoche,

Pour acheter au poids la couronne d'un roi.

Du pauvre il écouta la touchante prière,

Puis dit en essuyant son humide paupière :

«Rends un sou, mon brave homme, et le reste est pour toi»

L'IMPROVISATION.

A M. EUGÈNE DE PRADEL.

Air *du Dieu des bonnes gens.*

Des vers, à toi, rimeur intarissable ?
A toi des vers ? C'est un projet de fou !
C'est au désert jeter un grain de sable ;
Sur le rocher c'est poser un caillou.
N'ai-je pas vu ma muse trop rebelle
A mes désirs souvent se refuser ?
Or, pour parler ta langue maternelle ,
    Il faut improviser.

Improviser, c'est le premier mérite,
Le vrai trésor, l'inestimable bien,
En notre siècle où celui qui fait vite
A plus de prix que celui qui fait bien.

Heureux qui sait faire vite et bien faire !

Avec cet art à tout l'on peut viser.

De lui naquit ton succès populaire ;

    Tu sus l'improviser !

Peu d'élus ont ce talent en partage.

Ils l'ignoraient, nos tuteurs des trois jours,

Qui, de juillet saisissant l'héritage,

Ont du torrent si bien réglé le cours.

Depuis qu'ils ont remis tout à sa place,

Si le pays n'est que plus divisé,

C'est qu'oubliant le précepte d'Horace,

    Ils ont improvisé.

Un gros banquier qui ne prête qu'à douze,

A, l'an dernier, serré le doux lien.

Avant six mois, sa diligente épouse

Donne à l'Etat un petit citoyen.

Le financier d'abord éclate et peste ;

Puis il médite, et bientôt ravisé,

« Diable, dit-il, ma femme est un peu leste !

    « Aurais-je improvisé ? »

Si le secret de ton art poétique

Aux dieux du monde était du moins livré !

Société, mœurs, lois et politique,

Tout a besoin d'être régénéré.

Des exploitants en vain l'absurde foule

Nous dit : « Le temps peut seul organiser. »

— Badauds, arrière ! autour de vous tout croule.

    Il faut improviser.

LES CALOMNIES DÈ GRANDVAUX.

AIR : *Ah! daignez m'épargner le reste !*

J'entends gloser à tous propos
Sur les agréments de la fête
Où Vigier reçut les héros
Que le Milieu voit à sa tête.
Des brillants exploits de ce raoût
Je sais plus d'un que l'on conteste ;
Mais je me fie à votre goût,
Et vais, ma foi, vous conter tout...
Ah ! daignez m'épargner le reste !

Au festin que Vigier servit
A ses honorables convives,
Même avant le dessert on vit
Les joyeusetés les plus vives.
Gisquet sans gaze et sans manteau

Montra son esprit peu modeste,
Duchâtel son horreur pour l'eau,
Vatout son nez, et Rambuteau...
Ah! daignez m'épargner le reste !

Tandis que les initiés
Sablaient un Bordeaux délectable,
En attendant les conviés
Un pétard roula sous la table.
Le coup part... certain bruit se fait,
Et de cette farce un peu leste
Duchâtel tremblant et défait
Fit sentir le funeste effet...
Ah ! daignez m'épargner le reste !

Puis, pour plaisanter jusqu'au bout,
De la nuit un vaurien profite,
Et dans les bottes de Vatout
Glisse une carte de visite.
Cela prouve bien que Vigier

N'avait rien servi d'indigeste,
— C'était„.! — Je ne puis le nier :
Demandez vous-même au bottier,
Et daignez m'épargner le reste !

Thiers à son tour s'est vu fêté
Par un charivari modèle;
Mais le barbare a riposté...
Dieux ! que sa vengeance est cruelle !
Soudain, sur sa fenêtre a lui
Une étrange comète... et zeste,
Devant lui les rieurs ont fui :
Disons plutôt *derrière* lui...
Ah ! daignez m'épargner le reste !

C'est ainsi, d'après les journaux,
Que certains prêcheurs de morale
Ont tenu naguère, à Grandvaux,
Boutique ouverte de scandale.
Tant de cynisme nous confond ;
Le pays que leur joug moleste,

Au ciel, en son dégoût profond,

Dit : « Mon dieu, leur règne est trop long ;

Daignez m'en épargner le reste ! »

L'IMPOT DU PAUVRE.

L'impôt est le meilleur des placements.

Le percepteur trouve qu'on tarde ;
Il veut être payé ce soir.
— J'ai quelques sous, mais je les garde
Pour vous acheter du pain noir.
Si je n'en porte à votre mère,
Enfants, la soupe manquera !...
— Va payer l'impôt, pauvre père ;
Nous mangerons... quand Dieu voudra.

Le travail, toute la semaine,
Charge mes membres harassés ;
Eh bien ! que m'importe la peine,
Lorsque pour vous je gagne assez !
Le soir, en me couchant, j'espère
Qu'un meilleur jour demain luira...

— Va payer l'impôt, pauvre père ;
Nous mangerons... quand Dieu voudra.

— La faim !... par les miens endurée !...
— A l'Etat il faut de l'argent,
Et c'est pour nourrir sa livrée
Que le fisc se montre exigeant.
Le budget qu'on nous délibère
A plus d'un milliard montera.
Va payer l'impôt, pauvre père ;
Nous mangerons... quand Dieu voudra.

— Quoi ! pas de pain pour ma famille !
— Le trône a besoin de splendeur.
On veut que tout courtisan brille ;
Au pays cela fait honneur.
Tout l'hiver, chaque ministère
Par ordre de jours recevra.
Va payer l'impôt, pauvre père ;
Nous mangerons... quand Dieu voudra.

— Pour engraisser leur politique

Faudra-t-il vendre nos haillons !

— A nos vieux amis d'Amérique

On a payé vingt-cinq millions.

Le czar présente avec colère

Un vieux compte... on le réglera.

Va payer l'impôt, pauvre père ;

Nous mangerons... quand Dieu voudra.

— Ma bourse et mon buffet sont vides...

— Paris de merveilles s'emplit,

On bâtit des palais splendides,

Versailles même s'embellit.

Tribut d'une terre étrangère,

L'obélisque se dressera.

Va payer l'impôt, pauvre père ;

Nous mangerons... quand Dieu voudra.

— Avoir faim ! O pensée affreuse !

— On a faim dans tous les pays.

Des pauvres la race est nombreuse ;

Ils en ont cent mille à Paris.

Gras de luxe et de bonne chère,

Jack au fond d'un palais vivra. (1)

Va payer l'impôt, pauvre père ;

Nous mangerons... quand Dieu voudra.

— Chers enfants ! souffrir à votre âge !

— L'argent du fisc est bien placé.

Il fallait un pont au village,

C'est un chemin qu'on a tracé.

Le préfet possède une terre,

Tout près la route passera.

Va payer l'impôt, pauvre père ;

Nous mangerons... quand Dieu voudra.

— Payer, quand chez moi la disette...

— C'est là notre rôle éternel ;

Nous payons pour notre piquette,

Pour notre hutte et notre sel.

Ces taxes, incurable ulcère,

(1) On sait qu'un palais a été voté pour les singes au Jardin des Plantes.

Le riche seul les votera...
Va payer l'impôt, pauvre père ;
Nous mangerons... quand Dieu voudra.

—Enfants, le besoin vous dévore ;
Je dois garder mes derniers sous !
— Qui dort dîne... Il nous reste encore
Un seul lit pour nous coucher tous.
Paie... ou ce grabat de misère
Le recors demain le vendra.
Va payer l'impôt, pauvre père ;
Nous mangerons... quand Dieu voudra.

FI DE LA POPULARITÉ !

A M. MARTIN (DU NORD),

Qui a pris, pour texte de sa dernière mercuriale de procureur-
général, l'impopularité.

AIR *du vaudeville de l'Héritière.*

Je connais plus d'un sot qui loue

Comme le trésor le plus beau,

L'amour que le bon peuple voue

A ceux qui suivent son drapeau.

Du peuple que me fait l'estime?

Puisque ce trésor si vanté

Ne rapporte pas un centime,

Fi de la popularité !

Cet amour, fol et vain caprice,

Impose, comme l'autre amour,

Chaque jour nouveau sacrifice,

Et nouveau tourment chaque jour,

A ceux que chez nous il escorte
Combien, hélas! a-t-il coûté?
Moi, j'aime mieux ce qui rapporte.
Fi de la popularité!

Le peuple, c'est une coquette
Habile à plumer ses amants,
Et qu'on voit changer d'amourette
Comme un magistrat de serments.
Au premier mois amour extrême,
Au deuxième infidélité...
Chaque mois m'apporte un douzième.
Fi de la popularité!

La faveur du peuple bafoue
Celle du pouvoir? sot motif!
L'une a plus d'éclat, je l'avoue;
Mais l'autre a plus de positif.
L'amour qu'aux siens le peuple donne
Reluit sans poids ni densité;

Je préfère l'amour qui sonne.

Fi de la popularité !

Dans une fable fort sensée,

Un sage nous dit en beaux vers :

« Si la treille est trop haut placée,

« Criez que les raisins sont verts. »

Pour que le peuple nous encense,

S'il faut réunir équité,

Vertu, dévoûment, éloquence,

Fi de la popularité !

Que d'autres cherchent, sauf mécompte,

A toucher des cœurs vains ou froids;

J'aime mieux toucher, pour mon compte,

Quatre ou cinq mille francs par mois.

Lorsqu'on reçoit si gros salaire,

On peut clamer en sûreté,

Même sous un roi populaire.

Fi de la popularité !

M. SAUZET A SON VIEIL HABIT.

Parodie du *Vieil habit* de Béranger.

Air *du vaudeville de Décence.*

Mon pauvre habit, de nous deux on s'amuse ;
    Ensemble nous devenons vieux.
Depuis trente ans, sans relâche je t'use ;
    Chodruc Duclos ne fait pas mieux.
    Lorsqu'à ta séculaire étoffe
    L'âge livre tant de combats,
Imite-moi, résiste en philosophe...
Mon vieil habit, ne nous séparons pas !

Je me souviens de cette après-dînée,
    Où j'étrennai ton gros Elbeuf.
Un long cri part de la foule étonnée :
    « Tiens ! Sauzet porte un habit neuf !

Aujourd'hui, ta couleur antique

. A disparu de ton poil ras ;

Moi j'ai changé ma couleur politique...

Mon vieil habit, ne nous séparons pas !

Un accroc luit sur ta trame mûrie.

Chantelauze, à la cour des pairs,

En m'embrassant après ma plaidoirie,

Fit cet outrage à ton revers.

Pour cacher ce trou qui déroge

Au rang où je traîne mes bas ,

De mon client j'ai revêtu la toge...

Mon vieil habit, ne nous séparons pas !

T'ai-je imprégné des flots de musc et d'ambre

Dont Salvandy teint ses cheveux ?

M'a-t-on vu dire à mon valet de chambre

De nettoyer tes pans graisseux ?

Je t'ai laissé, tache ou poussière ,

Tous les graillons que tu gagnas ;

Un ruban neuf brille à ta boutonnière...
Mon vieil habit, ne nous séparons pas !

A certains yeux ta tournure est commune;
    Mais tu remplis bien tes devoirs.
Ta poche immense encombre la tribune
    De trois douzaines de mouchoirs.
    Quand sous tes haillons mon corps sue,
    Mon éloquence en nos débats
Bien plus que toi se montre décousue...
Mon vieil habit, ne nous séparons pas !

Pour me quitter, vainement ta vieillesse
    Tente chaque jour un effort.
Tous deux crasseux, on nous verra sans cesse
    Rester unis jusqu'à la mort.
    Ta vie à la mienne assortie
    La suivra partout ici-bas.
Je ne veux pas t'accorder d'amnistie...
Mon vieil habit, ne nous séparons pas !

HERCULE ET OMPHALE.

AU MARÉCHAL M...

AIR : *Dans la paix et l'innocence.*

A sa pompe triomphale
Hercule une fois par jour
Renonce , et vient près d'Omphale
Faire un petit doigt de cour.
Cupidon, au crépuscule,
Tire les discrets verrous.
File, file, pauvre Hercule !
File , file , file doux !

Hercule est beau sous les armes ;
Mais dame Omphale en a peur,

Et lui trouve plus de charmes
Sans l'attirail de vainqueur.
Héros, jette au feu qui brûle
Ta massue aux rudes clous.
File, file, pauvre Hercule !
File, file, file doux !

Vite, allons, qu'on se dépouille
De cet arc, de ce carquois !
A ton côté ma quenouille,
Et ce fuseau sous tes doigts !
— Ah ! quel coton ridicule
Je vais filer ! — Taisez-vous !....
File, file, pauvre Hercule !
File, file, file doux !

C'est fort bien ! j'aime qu'on sache
M'obéir... Soignez mon fil !
Sans votre vieille moustache,
Vous seriez assez gentil.
Sur mon front qu'on accumule....

— Les baisers ? — Non, les bijoux !
File, file, pauvre Hercule !
File, file, file doux !

Lorsqu'il voit, près de sa belle,
Papillonner les galants;
Hercule de sa prunelle
Lance mille éclairs brûlants.
Hélas ! mon vieux, dissimule !
On rit d'un vieillard jaloux.
File, file, pauvre Hercule !
File, file, file doux !

Toi, dont le pied puissant foule
Les obstacles d'ici-bas,
Fais que le Pactole roule
Au théâtre d'Augias.
Qu'un petit filet circule
A la sourdine chez nous.
File, file, pauvre Hercule !
File, file, file doux !

Le sifflet qui la consterne
Poursuit Omphale partout.
Vainqueur de l'Hydre de Lerne,
Des siffleurs viens donc à bout.
Que leur race qui pullule
Succombe enfin sous tes coups.
File, file, pauvre Hercule !
File, file, file doux !

Omphale au héros qui l'aime
Rappelle ainsi ses travaux,
Hormis pourtant le treizième,
Dont il a perdu le taux.
Sur ce point le vieux recule,
Non sans gémir en dessous.
File, file, pauvre Hercule !
File, file, file doux !

Mais on dit que la morale
Au héros prépare un tour.

Junon qui hait le scandale
Blâme tout haut cet amour.
Ça, demi-dieu, capitule,
Si tu veux te voir absous.
File, filé, pauvre Hercule !
File, file, file doux !

L'ACTRICE FAVORITE.

(Un César de cabinet à une Octavie.de coulisse.)(*)

N'ai-je pas assez, belle actrice,
Flatté ton volage désir?
Faut-il, aimable cantatrice,
Que chaque élan de ton caprice
Coûte un paraphe au bon plaisir?

N'ai-je pas décuplé là prime
Des lustriers qui font trafic

(*) La liaison à laquelle se rapportent cette chanson et la
précédente, a été trop notoire, en 1835-1836, pour qu'il soit
besoin de nommer les masques.

De te prouver leur vive estime ,
Et dont l'insolence réprime
Les injustices du public ?

Je puis, grâce à Dieu qui nous mène ,
Si tu le veux , te couvrir d'or.
Je te donne , belle inhumaine ,
Les deux mille francs par semaine
Que me dispense le trésor.

Veux-tu que l'Opéra-Comique
Se subdivise en actions ,
Et qu'à la Bourse on en trafique ?
Veux-tu rendre plus magnifique
Le chiffre des subventions ?

De mes poulets au tendre style
Veux-tu que je charge parfois
L'ordonnance à la course agile
Qui traverse au galop la ville
En éclaboussant les bourgeois ?

Veux-tu que le bouton de guêtre
Change au sous-pied de nos soldats ?
L'aigrette te déplait peut-être ?
Change-la... ton goût est le maitre.
Mon cœur seul ne changera pas.

Penses-tu que le casque oppresse
Du dragon le crâne échauffé ?
De le réformer je m'empresse...
De toi seule, ô belle maitresse,
De toi je veux être coiffé !

Veux-tu qu'un régiment d'élite
Porte le fusil Lefaucheux ?
Ah ! si rapide qu'on le cite,
Sois sûre qu'il prend feu moins vite
Que le cœur de ton amoureux !

Faut-il établir, pour te plaire,
Vingt corps-de-garde en ton quartier ?
Veux-tu de ton apothicaire

Faire un intendant militaire,
Faire un suisse de ton portier?

Veux-tu qu'un tourlourou se charge
D'être à ta porte, nuit et jour,
Rien qu'avec douze pas de marge,
Et crie à tous : « Passez au large! »
— Moi, j'entre. — Le mot d'ordre? — Amour !

Aux musiques veux-tu permettre
De venir, chacune à son tour,
Au moment où la nuit va naître,
Jouer des airs sous ta fenètre,
Alternant avec le tambour?

Si tu le désires, ma belle,
Demain je commande pour toi
Une revue officielle.
Pour la rendre plus solennelle,
J'y ferai même aller le roi.

Veux-tu faire, ô femme chérie,
De mon manteau de pair un schall?
Veux-tu... (ne crois pas qué je rie !)
Pour rouleau de pâtisserie
Mon beau bâton de maréchal ?

Veux-tu qu'une escadre choisie,
Mettant demain sa voile au vent,
Porte aux pieds de mon Aspasie
Les suaves parfums d'Asie,
Les fines perles du Levant?

Voilà ce que je peux. Décide :
Ça te va-t-il? Si tu tentais
D'obtenir plus, nouvelle Armide,
Ta voix se perdrait dans le vide.
C'est tout comme si tu chantais !

LE VOYAGE EN ALLEMAGNE.

Air : *Bon voyage, cher Dumolet.*

Bon voyage,
Fils de l'Etat !
Chez l'étranger soignez votre bagage.
Bon voyage,
Fils de l'Etat !
N'y perdez rien, hors votre célibat.

L'orgueil toujours fut un vice funeste ;
Cuirassez-vous contre ses aiguillons.
Que tout chez vous, jeunes gens, soit modeste,
Surtout l'étrenne offerte aux postillons.

Bon voyage,

Fils de l'Etat !
Chez l'étranger soignez votre bagage.
Bon voyage,
Fils de l'Etat !
N'y perdez rien, hors votre célibat.

Si, dans Berlin, le bon peuple qui chôme
Veut vous traîner, souffrez-le sans débat,
Car tout peuple est une bête de somme,
Limonier né pour le char de l'Etat.

Bon voyage,
Fils de l'Etat !
Chez l'étranger soignez votre bagage.
Bon voyage,
Fils de l'Etat !
N'y perdez rien, hors votre célibat.

Usez toujours de prudence et d'astuce.
Le vieux Guillaume est quelquefois malin.
Si de *Rosbach* on vous parlait en Prusse,
Gardez-vous bien de répondre *Berlin !*

6

Bon voyage,
Fils de l'Etat !
Chez l'étranger soignez votre bagage.
Bon voyage,
Fils de l'Etat !
N'y perdez rien, hors votre célibat.

Usez de tout à votre convenance

Sablez leurs vins et dévorez leurs plats.

Dix-huit cent quinze a, dieu merci ! d'avance,

Payé comptant la carte du repas.

Bon voyage,
Fils de l'Etat !
Chez l'étranger soignez votre bagage.
Bon voyage,
Fils de l'Etat !
N'y perdez rien, hors votre célibat.

Pour gens d'esprit afin qu'on vous renomme,

De vos bons mots quelquefois servez-vous.

Mais en ce cas il faut être économe,

Car Salvandy les fait payer cent sous.

Bon voyage,
Fils de l'Etat !
Chez l'étranger soignez votre bagage.
Bon voyage;
Fils de l'Etat!
N'y perdez rien, hors votre célibat.

Sur votre route éclatante et fleurie,
De Polonais un convoi vient s'offrir ?
Ils sont captifs !... Ecoutez... leur voix crie :
« Notre aigle blanc ne devait point périr ! »

Bon voyage,
Fils de l'Etat!
Chez l'étranger soignez votre bagage.
Bon voyage,
Fils de l'Etat !
N'y perdez rien, hors votre célibat.

France, applaudis ! Par de telles visites
Juillet partout recrute des amis;

Et s'il n'a pas ses anciennes limites ,

En Prusse au moins il a son couvert mis.

Bon voyage,
Fils de l'Etat !
Chez l'étranger soignez votre bagage.
Bon voyage,
Fils de l'Etat !
N'y perdez rien , hors votre célibat.

Qu'une princesse à Paris amenée

Vienne au plus tôt sceller cette union !

Nous voulons tous danser à l'hyménée

De nos Trois-Jours avec l'Invasion.

Bon voyage ,
Fils de l'Etat !
Chez l'étranger soignez votre bagage.
Bon voyage,
Fils de l'Etat !
N'y perdez rien , hors votre célibat.

LES DEUX HERITIERS PRESOMPTIFS.

Pour faire suite aux *deux Cousins*, de Béranger.

AIR : *Ah ! daignez m'épargner le reste.*

Salut, mon noble visiteur ! (*)
De ma tombe je t'interpelle :
Le Destin s'est fait ton flatteur ;
Plaise à Dieu qu'il te soit fidèle.

(*) Le duc d'Orléans est allé visiter les caveaux mortuaires des empereurs d'Autriche. L'aspect du tombeau du duc de Reichstadt l'a beaucoup ému.
                    (Extrait du *Mercure de Souabe.*)

Mon sort un instant fut plus beau,
Point de Français qui n'en convienne !
Les rois m'adoraient au berceau... (*bis*)
Et pourtant je suis mort à Vienne !

J'eus des Viennet, je m'en souviens,
Pour chanter en vers mon jeune âge ;
Mon premier mot, comme les tiens,
De mon Salvandy fut l'ouvrage.
Pour moi tout rimeur patenté,
Invoquant sa muse païenne,
M'assurait l'immortalité...
Et pourtant je suis mort à Vienne !

Ces juges, ces pairs inconstants
Qu'on voit caresser ta puissance,
Disaient qu'à jamais, de mon temps,
Les lys avaient quitté la France.
Ces lys qu'ils traitaient sans façon,
Alors, pour peu qu'il m'en souvienne,

Florissaient sur ton écusson...
Et pourtant je suis mort à Vienne.

Sur des lauriers je me couchais ;
La pourpre seule t'environne.
Des sceptres étaient mes hochets,
Mon bourlet fut une couronne...
Méchant bourlet, puisque trois jours
A Charle ont arraché la sienne.
Au lieu d'une , j'avais cinq cours...
Et pourtant je suis mort à Vienne !

Plus de trois cent mille fusils
Rassurent ta force alarmée.
Pour me garantir des périls,
Ma garde était la Grande Armée.
Espoir de la patrie... Ainsi
Des flatteurs te nomme l'antienne :
A vingt mois je l'étais aussi...
Et pourtant je suis mort à Vienne !

Sur le trône si tu t'assieds,

Rappelle-toi cette visite ;

Et des courtisans sous tes pieds

Foule alors la tourbe maudite ;

Dis-leur : « Je puis avoir mon tour :

« Du jeune roi qu'il vous souvienne !

« Vous lui promettiez votre amour....

« Et pourtant il est mort à Vienne ! »

L'INTERDICTION.

A DUPONT, AVOCAT,

Interdit par la Cour d'assises.

Air : *Dans un grenier qu'on est bien à vingt ans !*

Eh quoi, Dupont, pour une année entière
Leur interdit va donc peser sur toi ?
Ils ont proscrit cette voix mâle et fière
Qui nous vengeait des procureurs du roi.
Ignorais-tu qu'une libre défense
A certains yeux dégénère en délit ?
La vérité devient souvent offense...
Tu méritais, Dupont, d'être interdit.

Lorsqu'en juillet, sous le fouet prolétaire,
Le vieux pouvoir s'éclipsa conspué,
Sur le butin qu'on ramassait à terre,
Vainqueur, pourquoi ne t'es-tu pas rué?
Ceux dont la main sut prendre avec prudence
Ont aujourd'hui de l'or et du crédit.
Ton seul trésor est ton indépendance...
Tu méritais, Dupont, d'être interdit.

Pourquoi, vendant au pouvoir ta parole,
N'allas-tu point t'installer au parquet?
Nous t'y verrions jouer le premier rôle,
Et de Persil réclamer le bouquet.
La cour reçoit les Bellart à ses fêtes,
Quand de Sanson le tombereau s'emplit.
Mais au bourreau tu disputes des têtes...
Tu méritais, Dupont, d'être interdit.

Au lieu d'attendre un avenir futile,
Il te fallait vivre avec le présent.

De par Guizot, un collége docile
T'aurait pourvu d'un mandat complaisant.
Plus qu'au barreau l'on gagne à la tribune.
Mais en bien fonds tu n'as que ton esprit;
Tu n'es pas même électeur de commune...
Tu méritais, Dupont, d'être interdit.

Parlage, adresse et souple caractère,
Sont des valeurs qu'on place bien en cour.
Vingt noms par an flambent au ministère;
Le tien, sans doute, aurait trouvé son tour.
Dans ce haut poste où l'intrigue vous nomme,
Une fortune en trois mois s'arrondit.
Mais tu ne fus toujours qu'un honnête homme !....
Tu méritais, Dupont, d'être interdit.

Pourquoi parler de ces torts secondaires ?
Il en est un qui les dépasse tous:
Si les roués font si bien nos affaires,
Fils de juillet, la faute en est à nous.
De croire en eux nous eûmes la démence;

Acte de fous, on nous l'a souvent dit !

Eh bien, par toi le châtiment commence...

Tu méritais, Dupont, d'être interdit.

LA VIEILLESSE.

A M. MONTLOSIER, PAIR DE FRANCE.

Autrefois on vouait un saint culte au grand âge.
Quand sur le sol tremblaient les autels chancelants,
Un seul restait debout au milieu de l'orage,
L'autel des cheveux blancs.

La vieillesse toujours, et dans Rome et dans Sparte,
Fut l'arbitre des lois et du gouvernement.
Le respect des vieillards de toute ancienne charte
Etait le fondement.

Les jeunes gens couraient près d'une tête blanche ;
Qu'il était beau ce nœud qui, toujours enlacé,
Liait le front adulte au front que le temps penche,
Le présent au passé !

Hélas ! elle n'est plus, cette ère de foi sainte !

La vieillesse a perdu son antique pavois.

Elle a suivi les Dieux : sa latrie est éteinte

      Dans les mœurs, dans les lois.

En notre âge pervers, pour la jeune moustache

On a plus de respect que pour les blancs cheveux.

Le vieillard aujourd'hui n'est plus qu'une *ganache* ,

      Un radoteur, un *vieux*.

Mais ce n'est point assez qu'on lance l'anathême,

De nos jours, au vieillard autrefois vénéré.

Le siècle peut montrer un vieillard... ô blasphême !

      Fraîchement décoré ! ! !

Décoré ! c'est passer les bornes de l'insulte.

Décorer un vieillard ! un homme infirme encor !

C'est digne d'un pouvoir qui garde pour tout culte

      Le culte du Veau d'or.

N'as-tu donc tant vécu que pour cette avanie?

La croix, ô Montlosier, la croix ! affreux malheur !

C'est un lourd cauchemar qui, dans ton insomnie,
    Pésera sur ton cœur !

A quoi donc t'ont servi les nombreuses pituites
Et l'honneur amassés depuis quatre-vingts ans ?
Et tes anciens combats contre les noirs jésuites,
    Et tes patois récents ?

Quand des petits journaux la lanière te blesse,
Le pouvoir, te laissant dans un triste abandon,
Pare grotesquement ta robe de vieillesse
    De son rouge cordon.

C'est montrer peu d'égards pour ta noble perruque.
Le régime qu'on voit, de ton âge envieux,
Traiter si lestement ta poitrine caduque,
    Ne sera jamais vieux.

Toi qui portes si bien le poids de ton grand âge,
Puisse-tu, retrouvant ta primitive ardeur,
Avec la même force et le même courage
    Porter ta croix d'honneur !

BAGATELLE.

A M. THIERS, QUI VOULAIT ACHETER BAGATELLE.

AIR : *Ma tante Urlurette.*

Thiers est, dit-on, en marché
Pour un tout petit duché.
Quel est ce duché-modèle?
    — Bagatelle.
    — Bagatelle ?
Riche bagatelle !

Au petit homme d'état
Il fallait un majorat.
Je vote pour qu'il s'appelle
    Bagatelle.

— Bagatelle ?

— Duc de Bagatelle !

Déjà Thiers , avant juillet,

Par son dévouement brillait;

Mais au fond qu'était ce zèle ?

Bagatelle !

— Bagatelle ?

— Pure bagatelle !

Sur les pavés que de pieds

Sont restés estropiés !

Mais Thiers s'en fit une échelle.

— Bagatelle !

— Bagatelle ?

— Simple bagatelle !

Quand de la gamelle d'août

Le peuple est exclu partout,

Thiers a pris jusqu'à l'écuelle.

— Bagatelle !

— Bagatelle?

— Toujours bagatelle!

Au meilleur de ses amis
Naguère il avait promis
Reconnaissance éternelle.
— Bagatelle!
— Bagatelle?
— Encor bagatelle!

L'amitié, l'intégrité,
Le serment, la loyauté,
La tendresse fraternelle...
— Bagatelle!
— Bagatelle?
— Tout est bagatelle!

Des *Te Deum*, en tous cas,
Saint Thiers, on ne dira pas,
Grâce à ta ferveur nouvelle:
« Bagatelle! »

— Bagatelle ?

Pauvre bagatelle !

Pour l'ordre, au premier signal,

Thiers va monter à cheval ;

Mais il chippera la selle.

    — Bagatelle !

    — Bagatelle ?

  — Maigre bagatelle !

Quand Thiers a pris dot, l'hymen

A mis dans sa preste main,

Avec de l'or, une belle

    Bagatelle ?

    — Bagatelle ?

  — Tendre bagatelle !

Madame de son mari

Trouve l'amour rabougri.

D'autres ont dit avant elle :

    « Bagatelle ! »

— Bagatelle ?

— Triste bagatelle !

Pour se réhabiliter,

L'époux voudrait présenter

A son épouse fidèle ,

Bagatelle.

— Bagatelle ?

— Autre bagatelle !

A l'illustre foutriquet

On voit que ce nom manquait.

Cette carrière si belle ,

Que fut-elle ?

Bagatelle,

Rien que bagatelle !

A LA DUCHESSE D'ORLÉANS.

18 août. — Fête de Sainte-Hélène.

—

AIR d'*Octavie*.

De ce bandeau, trop pesant pour vos têtes,
Délivre-toi, quand les jeux finiront.
Fille des rois, vous portez dans les fêtes
Plus de soucis que de perles au front.

Oui, trop longtemps tu respiras, Hélène,
L'encens épais qui fume dans nos murs.
A ta jeunesse et si forte et si pleine
Il faut un air, il faut des cœurs plus purs.

A ces transports, ces vives allégresses,

Ces vœux bâtards, ajouterais-tu foi ?
Ils ont déjà servi pour trois princesses...
Serviront-ils pour d'autres après toi ?

Cet appareil pour le cœur est sans charmes ;
Un arrêté règle ces sentiments.
Le soldat lustre à l'avance ses armes ,
L'homme de cour fourbit ses compliments.

Cet amour vain, c'est l'horloge qui sonne
Au moment dit, et qu'on monte toujours.
Vois... Sur un signe à-la-fois tout résonne,
Discours, canons, roulements de tambours,

Lorsqu'il nous vint d'Autriche une dauphine ,
Ce fut, dit-on, un jour d'enivrement.
On étala plus tard pour Caroline
Les mêmes ifs, le même dévoûment.

Mais Antoinette eut un jour dans *sa* ville
Un dernier trône et d'autres cris dessous...

Et Caroline, errante, sans asile,
A tout perdu, jusqu'au nom d'un époux.

De ce bandeau, trop pesant pour vos têtes,
Délivre-toi, quand les jeux finiront.
Filles des rois, vous portez dans les fêtes
Plus de soucis que de perles au front.

De ces vains jeux la carrière est fermée,
Bruyants chez toi, mais chez nous sans échos.
Des lampions au ciel va la fumée,
Et des galas aux pauvres vont les os.

Hommages faux, trompeuses simagrées,
Ce bruit déjà n'est plus qu'un souvenir.
Au magasin les fêtes sont rentrées...
Te voilà seule avec ton avenir!

Qu'il soit heureux! mais quand pour leurs hommages
Les gens de cour, fouillant le *Moniteur*,
T'en ont relu les louangeuses pages,
Je t'en dis, moi, les pages de douleur.

Ecoute bien, et garde en ta mémoire
Ce mot fatal : « Tout trône est un volcan. »
Le peuple seul des trônes sait l'histoire ;
La cour jamais n'en dit que le roman.

Sous les tapis qu'élégamment on drape
Et sous les fleurs on cacha ton chemin.
Femme, je vais t'en marquer chaque étape...
Des maux d'hier Dieu nous garde demain !

Fontainebleau vit ton premier sourire ?
Notre César, sans peur et sans regret,
D'un trait de plume y défit son empire
Qu'il a refait d'un coup de sabre après.

Versailles ?... Là, les taches de l'orgie
Ont rejailli sur l'oriflamme blanc,
Et du banquet la nappe fut rougie
De vin d'abord... un peu plus tard de sang !

L'Hôtel-de-Ville où pour toi l'on banquète,
A vu brandir les piques de Maillard...

C'est aussi là que notre Lafayette
A tes cousins a dit: « Il est trop tard ! »

Le vieux palais porte dans son enceinte
A chaque pas la trace des Trois jours.
Voici le trône où la canaille sainte
Vint essuyer ses pieds sur le velours.

Plus loin, là-bas, plus loin, dans l'avenue
Où l'obélisque asseoit sa vétusté,
On vit un jour sur cette place nue,
Un roi périr après la royauté.

De ce bandeau, trop pesant pour vos têtes,
Délivre-toi quand les jeux finiront.
Filles des rois, vous portez dans les fêtes
Plus de soucis que de perles au front.

C'est là l'histoire... Aux oreilles royales
On en soustrait tout sinistre feuillet.

Tant pis !... Ce livre a des leçons fatales.
Août oublié fait éclore juillet (*).

On t'a montré les pompes de nos pères
Et cent combats gagnés au chevalet.
Il valait mieux te montrer nos misères
Et cent grabats vendus au Châtelet.

On t'a conduite, au milieu de tes gardes,
A des festins servis dans des plats d'or.
Il valait mieux te mener aux mansardes
Où des Français de faim meurent encor.

Le souvenir de leurs crises passées
Et le tableau de nos malheurs présents
Donnent aux rois leurs meilleures pensées.
Le fard n'est bon que pour les courtisans.

(*) « Le dix août, disait un ministre de la coalition à un
envoyé de la république française, est une journée qu'aucun
roi ne saurait oublier. — Tant mieux, répondit le républi-
cain ; il est à désirer, dans leur intérêt comme dans celui
des peuples, que les rois s'en souviennent toujours. »

On dit qu'à l'heure où, par un art magique,
Le Mecklembourg t'apparut au dessert (*),
Ton œil, frappé d'un mirage mystique,
Vit d'un brouillard cet horizon couvert.

Puis, sous un crêpe, il vit la toile noire,
Et sur la toile un lugubre tableau,
Diorama dessiné par l'histoire...
Un roi sans tête, un autre sans tombeau ! ! !

De ce bandeau, trop pesant pour vos têtes,
Délivre-toi, quand les jeux finiront.
Filles des rois, vous portez dans les fêtes
Plus de soucis que de perles au front.

(*) On se souvient que la décoration très-habilement
peinte par M. Feuchères, pour l'Hôtel-de-Ville, représentait
le palais ducal du Mecklembourg.

LA FÊTE DE L'HOTEL-DE-VILLE.

(19 juin 1837.)

AIR *Eugène est mort.*

Accourez vite à nos splendides fêtes !
Ici banquet, là concert, ailleurs bal.
Les diamants rayonnent sur les têtes,
Le vin rougit les coupes de cristal.
Ce luxe altier qui partout se déroule,
Le peuple va le payer en gros sous...
Municipaux, au loin chassez la foule.
        Amusons-nous !

Quel beau festin ! mets précieux et rares,

Dont à prix d'or on eut chaque morceau ,
Vins marchandés aux crus les plus avares
Et que le temps a scellés de son sceau...
Quel est ce bruit ?... — Rien , c'est un prolétaire
Qui meurt de faim à quelques pas de vous.
—Un homme mort?... C'est fâcheux! Qu'on l'enterre.
      Enivrons-nous !

Voici des fruits qu'à l'automne brumeuse
Vole à grands frais l'été pour ses repas ;
Là, c'est l'Aï dont la mousse écumeuse
Suit le bouchon qui saute avec fracas...
Qu'est-ce?... un pétard que la rage éternelle
Des factieux ?—Non, non, rassurez-vous !
Un commerçant se brûle la cervelle...
      Enivrons-nous!

Duprez commence... O suaves merveilles!
Gais conviés, désertez vos couverts.
C'est maintenant le banquet des oreilles ;

On va chanter pour mille écus de vers (*).

Quel air plaintif vient jusqu'en cette enceinte?...

Gardes, alerte ! En prison traînez tous

Ce mendiant qui chante une complainte...

        Enivrons-nous !

Femmes, au bal ! La danse vous appelle ;

Des violons entendez les accords.

Mais une voix d'en haut nous interpelle :

« Tremblez! tremblez! vous dansez sur les morts (**)!

Ce sol maudit que votre valse frôle,

Le fossoyeur le foulait avant vous... »

Tant mieux ! la terre est sous nos pieds plus molle.

        Trémoussons-nous !

Chassons bien loin cette lugubre image

(*) On a donné trois mille francs à l'auteur de la cantate chantée à l'Hôtel-de-Ville , et autant au compositeur.

(**) On se rappelle que la fête de l'Hôtel-de-Ville a eu lieu huit jours après le déplorable accident du Champ-de-Mars, et le jour anniversaire de Waterloo.

Qui du plaisir vient arrêter l'essor.

Déjà pâlit sous un autre nuage

Notre horison de parures et d'or.

C'est Waterloo... Pardieu, que nous importe !

Quand l'étranger eut tiré les verroux,

On nous a vus rentrer par cette porte...

       Trémoussons-nous !

Ça, notre fête est brillante peut-être ?

Elle a coûté neuf cent vingt mille francs.

Qu'en reste-t-il ? Rien... sur une fenêtre,

Au point du jour, des lampions mourants.

Quand le soleil éclairera l'espace,

Cent mobiliers seront vendus dessous.

Vite, aux recors, calèches, faites place...

       Eloignons-nous !

PIERRE.

A BÉRANGER.

AIR : *Lève-toi, Jacques, lève-toi !*

Je viens saisir dans ton ménage ;
C'est pour l'impôt... Femme, ouvre-moi !
Dépêche : il m'en reste, après toi,
Cinq à saisir en ce village.
— Depuis huit jours Pierre est dehors ;
Attendez, monsieur le recors !

Hélas ! il est bien difficile
De vivre aujourd'hui de son gain !

Nous n'avions ni travail ni pain ;
Mon homme est allé dans la ville...
Depuis huit jours Pierre est dehors ;
Attendez , monsieur le recors !

Moi , je garde notre cabane ;
J'y vis avec l'aide de Dieu.
Ah ! si vous saviez combien peu
Mange une pauvre paysanne !...
Depuis huit jours Pierre est dehors ;
Attendez , monsieur le recors !

— Ouvre ! — Hélas ! soyez moins sévère ;
Vous ne trouverez rien chez nous.
Mon écuelle... la prendrez-vous ?
Et le vieux psautier de ma mère !...
Depuis huit jours Pierre est dehors ;
Attendez , monsieur le recors !

— Allons , vite ! — Daignez m'entendre !
Vous êtes bien dur, je le vois !

8

Pour quelques sous que je lui dois,
Le roi ne pourrait-il attendre?...
Depuis huit jours Pierre est dehors;
Attendez, monsieur le recors!

C'est pendant l'été qu'on travaille;
Jusque là faites-nous répit.
Pour vous je vendrai notre lit
Quand les champs auront de la paille...
Depuis huit jours Pierre est dehors;
Attendez, monsieur le recors!

Cet argent, disait-on, doit être
D'une princesse le trousseau...
On est donc bien pauvre au Château,
Ou l'on nous croit riches peut-être?...
Depuis huit jours Pierre est dehors;
Attendez, monsieur le recors!

On dit que la princesse est belle,
Et bonne aussi... Proposez-lui

D'attendre un peu. Dès aujourd'hui
Je prierai le bon Dieu pour elle!...
Depuis huit jours Pierre est dehors ;
Attendez, monsieur le recors !

— Ouvre! — Je crois que Pierre approche...
Vous prendrez l'argent qu'il aura.
Il faut compter qu'il reviendra
Avec quelques sous dans sa poche...
Depuis huit jours Pierre est dehors ;
Attendez, monsieur le recors !

Non, c'est le facteur... Il m'apporte
Une lettre. — Jeanne la lit ;
Elle tremble, son front pâlit...
Le recors enfonce la porte...
Jeanne souffre, Pierre est dehors ;
Attendez, monsieur le recors !

Las, grand Dieu ! l'affreuse nouvelle !
Pierre à la ville est mort de faim.

Sa Jeanne le suivra demain...
Priez pour lui ! priez pour elle !
Attendez, monsieur le recors ;
Vous pourrez emporter un corps !

LA PARISIENNE DE 1837.

AIR : *En avant, marchons*, etc.

Peuple à la limphatique fibre,
Entends Molé te supplier.
Tu disais : « Je veux être libre. »
Molé te répond : « Sois caissier. »

Peuple à jamais digne d'estime,
Payer fut toujours ton régime.
　　　En avant, payons,
　　　　Comptons, déboursons,
Remboursons, dotons, apanageons, donnons
　　Jusqu'au dernier centime !

Ouvre-toi, bourse plébéienne !

Le pauvre même, en son amour,

De son obole citoyenne

Doit faire une offrande à la cour.

Peuple à jamais digne d'estime,
Payer, voilà ton vrai régime !
  En avant, payons,
   Comptons, déboursons,
Remboursons, dotons, apanageons, donnons
  Jusqu'au dernier centime !

Le budget en vain nous dévore ;

Le Centre invente mille impôts.

Sous ses croupions voyez éclore

Les apanages et les dots.

Peuple à jamais digne d'estime,
Payer fut toujours ton régime.
  En avant, payons,
   Comptons, déboursons,

Remboursons, dotons, apanageons, donnons
Jusqu'au dernier centime !

Au sein d'une caisse profonde,

Qui conduit notre or ruisselant ?

C'est le plus cancre homme du monde,

Montalivet en bonnet blanc.

Peuple à jamais digne d'estime,
Payer, voilà ton vrai régime.
  En avant, payons,
   Comptons, déboursons,
Remboursons, dotons, apanageons, donnons
Jusqu'au dernier centime !

La vieille cour est revenue ;

Fonfrède en ses *convulsions*,

De la monarchie absolue

Ravive les *traditions*.

Peuple à jamais digne d'estime,
Tu ne fais que changer de dîme !

En avant payons,
Comptons, déboursons,
Remboursons, dotons, apanageons, donnons
Jusqu'au dernier centime !

Quand revint l'ère tricolore,

Le bon marché fut décrété ;

Notre argent va se joindre encore

A celui qu'il nous a coûté.

Peuple à jamais digne d'estime,
Payer fut toujours ton régime.
En avant, payons,
Comptons, déboursons,
Remboursons, dotons, apanageons, donnons
Jusqu'au dernier centime !

Recors, chez les retardataires

Saisissez jusqu'au moindre effet ;

Et des mobiliers prolétaires

Criez la vente au Châtelet.

Peuple à jamais digne d'estime,
Payer fut toujours ton régime.
    En avant payons,
      Comptons, déboursons,
Remboursons, dotons, apanageons, donnons
    Jusqu'au dernier centime !

LES DEVANTS DE CHEMINÉE.

AIR : *La Marmotte a mal au pied.*

Les papiers peints dotent Paris
   De maint petit Versailles ,
Où l'on se procure à bas prix
   Beaux traits , gloires , batailles.
De tout héroïsme bâtard
   Commune destinée !
On le retrouve tôt ou tard
   Devant de cheminée.

Ce prince à plein nez encensé,
   Se couvre avec vaillance

De lauriers dont on a tracé
   Le programme d'avance..
C'est la chasse où, gibier plus grand,
   La gloire est amenée
Sous ses pieds... Il se baisse et prend
   Devant de cheminée !

Nos Trois-Jours, si tôt méconnus,
   Ces jours si pleins de gloire,
Où le combat fut aux bras nus,
   Aux hâbleurs la victoire ?
Ils devaient vivre dans les temps ;
   La France fortunée
Devait... Ils sont, après sept ans,
   Devant de cheminée.

Et nos Décius morfondus
   Qui, pour sauver la France,
Se sont jetés à corps perdus
   Au sein de la puissance ;
Gouffre immense, mais non sans fonds...

Leur poche retournée
Nous le prouverait, j'en réponds...
Devants de cheminée !

Et ces grandes solennités,
    Où, quels que soient leurs grades,
On s'épuise en civilités
    Pour les *chers camarades* ?
Noble ardeur ! belliqueux tableau !
    Cette belle journée
Va nous venger de Waterloo ?...
    Devant de cheminée !

Ce vertueux distributeur
    De soupe économique,
Quand on pétrit des croix d'honneur
    A pleine mécanique,
Voyez-le prendre avec amour
    Sa part de la fournée.
Comme il tend la main à son tour !
    Devant de cheminée.

Arts et Gloire, on vous fit appel
  Pour fonder un Musée.
La Gloire seule à ce cartel
  Ne s'est pas refusée.
Au lieu des gloires du pays
  Par les Arts couronnées,
Que trouvent nos yeux ébahis ?
  .Devants de cheminées !

Les engagements solennels,
  Et les gros sous qu'on donne,
Les programmes officiels
  Et les discours du trône,
Tout en un mot est de nos jours
  Devant de cheminée;
Hors les marchés qui sont toujours
  Déssous de cheminée.

LES SOUVENIRS D'UN VIVEUR.

A M. R....., PRÉFET.

AIR : *Dis-moi, soldat, dis-moi t'en souviens-tu.*

Te souviens-tu de ces temps de folie,
Où, gai viveur, la nuit comme le jour,
Tu cultivais dans une longue orgie
Et le champagne et la truffe et l'amour ?
Mais aujourd'hui que, loin des vieux scandales,
Tu sais régir, d'un titre revêtu,
Gardes ruraux et routes vicinales,
Dis-moi, R....., dis-moi, t'en souviens-tu ?

Te souviens-tu des repas délectables
Que tu faisais au café Périgord ?

Lorsque le soir tu roulais sous la table,
On t'emportait le matin ivre-mort.
Convive alors des meilleures cuisines,
De tout bon mets tu savais la vertu.
Mais aujourd'hui que chez le roi tu dînes,
Dis-moi, R....., dis-moi, t'en souviens-tu ?

S'il t'arrivait, certains jours de ripailles,
De marcher seul et sans les pieds d'autrui,
Avec amour tu rasais les murailles,
Dans chaque borne implorant un appui.
Mais aujourd'hui ce n'est qu'en politique
Que l'on te voit suivre un chemin tortu.
J'aime encor mieux ton ancien pas oblique....
Dis-moi, R....., dis-moi, t'en souviens-tu ?

Rôdant le soir en bruyantes cohortes,
Vous éveilliez par vos cris vingt quartiers ;
A tour de bras vous frappiez sur les portes,
Et quelquefois même sur les portiers.

Mais aujourd'hui que ta gendarmerie
Prend au collet tout tapageur têtu,
Des vieilles nuits de polissonnerie,
Dis-moi, R....., dis-moi, te souviens-tu?

Te souviens-tu des danses égrillardes,
Des bals masqués où tu nous enseignais
L'art d'accoster Bergères et Poissardes,
Joyeux Pierrot ou Jocrisse niais?
Mais aujourd'hui d'un habit de parade,
Triste préfet, te voilà revêtu.
C'est seulement changer de mascarade....
Dis-moi, R....., dis-moi, t'en souviens-tu?

Quand ta moustache, innocemment frisée,
Sur ton cuiller prélevait son butin,
On vit souvent ta poitrine arrosée
Des vins mousseux et des jus du festin.
Mais aujourd'hui que tu vis sans moustaches,
Sur ton habit plus fraîchement battu

La croix-d'honneur couvre les autres taches....
Dis-moi, R....., dis-moi, t'en souviens-tu ?

En ce temps-là, de francs et gaïs compères
Tu te voyais environné, fêté.
Mais aujourd'hui, valet des ministères,
Aux grands du jour tu vends ta liberté.
Fuis ces tyrans, toi qui toujours trébuches !
Mieux vaut encor, c'est un point rebattu,
Avoir affaire aux bouteilles qu'aux cruches....
Dis-moi, R....., dis, t'en souviendras-tu ?

LA CLÉ DE LA LISTE CIVILE.

AIR : *Je vais, Margot.*

De Bondy perdit hier la clé
De son coffre, en fer bien doublé.
(Ceci n'est point une sornette).
Au farceur qui s'en est saisi
Ce matin il parlait ainsi :
   « Rends-la, mon cher,
Ou l'on va voir, c'est clair,
Qu'un autre que moi tient la cassette. »

Un ex-combattant des trois jours
Vient solliciter des secours.
(Ceci n'est point une sornette).
— Hors la geôle il en reste encor?...

Remplissez-lui les poches d'or.

— Diable, mon cher,

On va voir, c'est bien clair,

Qu'un autre que moi tient la cassette.

Et vous, messieurs, que voulez-vous ?

— On est en procès avec nous.

(Ceci n'est point une sornette).

— De plaider avons-nous le temps !

J'aime mieux payer les dépens.

— Hélas ! mon cher !

Chacun va voir, c'est clair,

Qu'un autre que moi tient la cassette

Poursuivrons-nous ces villageois

Qu'on a pris volant notre bois ?

(Ceci n'est point une sornette).

— A quoi bon ? allez leur porter

De l'argent pour en acheter ?

— Parbleu, mon chèr,

Chacun va voir, c'est clair,
Qu'un autre que moi tient la cassette.

Ce peintre n'a que son talent ;
Il offre un ouvrage excellent.
(Ceci n'est point une sornette).
— Je l'achète sans marchander,
Et comptant je vais le solder.
  — Pardieu, mon cher,
On va voir, c'est bien clair,
Qu'un autre que moi tient la cassette.

Vous allez sans doute accepter
L'apanage qu'on veut voter ?
(Ceci n'est point une sornette).
—Non ; mais par mois j'offre un million
Pour les ouvriers de Lyon.
  —Corbleu, mon cher,
On va savoir, c'est clair,
Qu'un autre que moi tient la cassette.

La Chambre va donner de quoi
Doter une fille du roi.

(Ceci n'est pas une sornette).

— Non ! c'est moi qui de notre argent
Dois doter tout couple indigent.

— Holà, mon cher,

Chacun va voir, c'est clair,

Qu'un autre que moi tient la cassette.

Le mois est encore à toucher ;

Faut-il qu'on aille le chercher ?

(Ceci n'est point une sornette).

— Non, j'ai dans ma caisse assez d'or ;

Laissons ce douzième au Trésor.

— Ma clé, mon cher !

Ou l'on croira, c'est clair,

Que je viens de prendre ma retraite.

LE NOUVEL ÉLU.

(BOURGS-POURRIS DE 1837).

AIR : *Puisque le tyran est à bas* .

Puisqu'on m'a nommé, je réponds
De rentrer bientôt dans mes fonds.

A la Chambre enfin j'ai mon siége,
En attendant que je sois pair.
Il ne sait pas, mon bon collége,
A quel point son mandat m'est cher !

Puisqu'on m'a nommé, je réponds
De rentrer bientôt dans mes fonds.

Il faut pour la législature,

Dit la foule, un fond précieux

De savoir, probité, droiture...

Moi, j'ai des fonds qui valent mieux.

Puisqu'on m'a nommé, je réponds
De rentrer bientôt dans mes fonds.

Pour rallier les sympathies,

Quelques badauds sont convaincus

Qu'il faut offrir des garanties...

Je n'offre, moi, que des écus.

Puisqu'on m'a nommé, je réponds
De rentrer bientôt dans mes fonds.

J'ai fait chez moi grosse dépense;

Il faut en toute occasion

Pour un représentant, je pense,

De la représentation.

Puisqu'on m'a nommé, je réponds
De rentrer bientôt dans mes fonds.

Ma nappe était toujours couverte
Et mon cuisinier était bon:
En sachant tenir table ouverte,
On s'ouvre le Palais-Bourbon.

Puisqu'on m'a nommé, je réponds
De rentrer bientôt dans mes fonds:

Il n'est électeur si farouche
Qu'un repas ne gagne parfois:
En général, c'est par la bouche
Que l'on peut arracher des voix.

Puisqu'on m'a nommé, je réponds
De rentrer bientôt dans mes fonds.

Mères et filles sont coiffées
De moi, grâce à mes bals charmants,
Que de voix ont été chauffées
Par de bons rafraîchissements!

Puisqu'on m'a nommé, je réponds
De rentrer bientôt dans mes fonds.

Du préfet la feuille a fait rage.
Il est vrai qu'elle avait taxé
A mille francs, pas davantage,
Son appui désintéressé.

Puisqu'on m'a nommé, je réponds
De rentrer bientôt dans mes fonds.

Lorsqu'un sacrifice est utile,
Hésiter ne vaut jamais rien.
En dotant d'un chemin la ville
J'ai fait assez vite le mien.

Puisqu'on m'a nommé, je réponds
De rentrer bientôt dans mes fonds.

Deux lits, par mes soins charitables,
A l'hospice ont été donnés.
Je les devais aux pauvres diables
Que mes votes ont ruinés.

Puisqu'on m'a nommé, je réponds
De rentrer bientôt dans mes fonds.

La préfète a pris avec grâce

Un beau voile avec grâce offert.

Maint petit tour de passe-passe

Sous ce voile est resté couvert.

Puisqu'on m'a nommé, je réponds
De rentrer bientôt dans mes fonds.

Pour avoir la place attendue,

A sec mon coffre s'est vidé.

Cette faveur m'était bien due...

Le prix d'avance était soldé.

Puisqu'on m'a nommé, je réponds
De rentrer bientôt dans mes fonds.

C'est un brevet de confiance,

Dit-on, que tout élu reçoit.

C'est bien plutôt une quittance

Que m'a remise mon endroit.

Puisqu'on m'a nommé, je réponds
De rentrer bientôt dans mes fonds.

Quelqu'étourdi dira peut-être :
« C'est-bien mal placer son argent. »
Je dis, moi qui peux m'y connaître,
Que c'est placer à cent pour cent.

Puisqu'on m'a nommé, je réponds
De rentrer bientôt dans mes fonds.

C'est sûr, car de la banqueroute
On n'a, cher Gérain, nul souci.
Si je sais ce qu'un mandat coûte,
Je sais ce qu'il rapporte aussi.

Puisqu'on m'a nommé, je réponds
De rentrer bientôt dans mes fonds.

ÇA DÉPEND DU PRIX QU'ON Y MET.

Air du *Petit Matelot*.

Le Commerce enfante à la ronde
Les produits les plus merveilleux ;
Le trafic est la loi du monde,
La chaîne des temps et des lieux.
La vente est publique ou secrète ;
Mais, hors les œuvres de Viennet,
Tout ici bas se vend, s'achète...
Ça dépend du prix qu'on y met.

Mondor est fier de sa croix neuve.
— Ce Mondor s'est donc fait un nom ?

— Nullement. — Il a donc fait preuve
De courage ou de talent? — Non.
Mais il est riche, et sa main jette
Tout l'or que sa bouche promet...
Il aura bientôt la rosette,
Ça dépend du prix qu'on y met.

La jeune Lise se retranche
Dans sa vertueuse rigueur.
Un doigt touche à peine sa manche,
Qu'elle proteste avec vigueur.
Un richard s'offre à la rebelle ;
Sur un mot d'ordre elle l'admet.
Il prend tout, la manche et la belle...
Ça dépend du prix qu'on y met.

Certain orateur dynastique
Tonne, de toute la hauteur
De son éloquence élastique,
Contre un régime corrupteur.
Qu'un mot dans l'oreille on lui glisse,

Un rhume opportun le soumet
Au régime.... de la réglisse.
Ça dépend du prix qu'on y met.

Caroline errait en Vendée
A travers buissons et périls.
Des rois la fille bien gardée
Echappait à nos alguazils.
Thiers, plus fin, à sa piste envoie
Une bourse au lieu d'un plumet.
Dans huit jours il aura sa proie...
Ça dépend du prix qu'on y met.

Oyez tous les ans nos ministres;
« Pour arrêter dans son essor
L'anarchie aux projets sinistres,
Il nous faut des millions encor.
Trois millions... elle est expulsée,
Notre zèle vous le promet.
Un de plus, elle est écrasée...
Ça dépend du prix qu'on y met. »

Indépendant de contrebande,
Un auteur des plus abondants
Livre, *par ordre* et sur commande,
De fort mauvais *Indépendants.*
C'est qu'il attend maigre salaire
De la pratique qui commet.
Payé mieux, il eût su mieux faire....
Ça dépend du prix qu'on y met.

Il n'est rien que l'or ne procure:
Succès dramatiques, pouvoir,
Noblesse, esprit, beauté, droiture,
Places, rang, louanges, savoir,
Serments saints, dévoûments austères
Que d'un prince à l'autre on transmet,
Majorités parlementaires.....
Ça dépend du prix qu'on y met.

Le Commerce, hors les temps de crises
Où parfois à court il est pris,
Offre à tout prix des marchandises,

Des gouvernements à tout prix.

Toile ou roi, ministre ou faïence,

Demandez... On vous en remet

Pour votre argent en conscience...

Ça dépend du prix qu'on y met.

SOUVENEZ-VOUS DE MOI.

A ma petite amie, Mlle Angèle d'A.......

AIR de *la Bonne Vieille* (de Béranger.)

Grâce au hasard qui sur nous règne en maître,
Ici nos pas ont pu se rencontrer.
Je pars demain, et pour jamais peut-être
Dans son caprice il va nous séparer.
Si les conseils que ma bouché inconnue
A prodigués à votre jeune foi
N'ont point glissé sur votre âme ingénue,
Ma chère enfant, souvenez-vous de moi.

10

J'ai vingt-cinq ans, et beaucoup sont fanées
Parmi les fleurs de mon heureux printemps.
Vous, sur vos doigts vous comptez vos années
Et d'avenir vos jours sont éclatants.
Pourquoi vit-on ? Vous l'ignorez encore...
Longtemps déjà j'ai creusé ce pourquoi.
Que mon matin vaille au moins votre aurore !
Ma chère enfant, souvenez-vous de moi.

Tout est plaisir pour votre belle enfance,
Tout, excepté l'ennui d'une leçon.
Mais à grands pas la jeunesse s'avance ;
A ce forban il faut payer rançon.
Bien des soucis vous viendront avec elle !
Des passions vous subirez la loi.
Sous le fardeau si votre cœur chancèle,
Ma chère enfant, souvenez-vous de moi.

De votre vie, heureuse et pacifique,
Rien ne pourra jamais troubler le cours.
Trop loin de vous souffle la politique

Noir ouragan qui bat nos plus beaux jours.
D'un père allez retrouver la tendresse ;
Moi, je retourne au procureur du roi :
Ce tendre père a des fers pour caresse...
Ma chère enfant, souvenez-vous de moi.

Heureux l'ami dont le nom se conserve
Au cœur de ceux dont il pressa la main !
Qui sait le sort que le temps nous réserve,
Et les écueils mis sur notre chemin ?
Il se peut bien que plus tard je regrette
Les calmes jours écoulés près de toi ;
En quelque lieu que le destin te jette,
Ma chère enfant, souviens-toi bien de moi.

Néris, 1er août 1836.

LE VIEUX CONVENTIONNEL.

AIR *Conscrits, au pas !*

Hier je voyais, aux Tuileries,
Un bon vieillard de froid transi,
Qui couvrait ses tempes flétries
D'une casquette, vieille aussi.
« Eloignez-vous de cette porte,
Lui dit un conscrit l'arme au bras.
— Je suis citoyen. — Eh qu'importe !
  On n'entre pas.   (*bis.*)
C'est la consigne : on n'entre pas !
  On n'entre pas.   (*bis.*)

« Quoi ! pour un tour de promenade... !

— Les maîtres le veulent ainsi.

Prenez un chapeau , camarade.

— Chez moi le fisc a tout saisi.

Cette défroque délabrée

Est tout ce qui me reste , hélas !

— Eh bien ! prenez une livrée... !

      On n'entre pas.

C'est la consigne : on n'entre pas !

      On n'entre pas.

« Conscrit , tu ne sais pas peut-être

Que dans le palais que voilà

J'allais jadis m'asseoir en maître.

La Convention siégeait là.

Là , montagnarde ou girondine ,

L'éloquence eut de beaux combats.

— Aujourd'hui c'est une cuisine...

      On n'entre pas.

C'est la consigne : on n'entre pas !
On n'entre pas.

« Le dix août, à cet endroit même,
En foule nous sommes venus ;
Et j'ai passé, moi trois millième,
Quoique nous eussions les bras nus.
— Pour laver de ces jours funestes
Tout, jusqu'à la trace des pas,
Depuis on a proscrit les vestes...
On n'entre pas.
C'est la consigne : on n'entre pas !
On n'entre pas.

« Nous avions contre nous la terre,
Pour nous la liberté. De là
Au monde nous criâmes : « Guerre ! »
Et le monde entier recula.
— Un courrier se met en campagne ;
— Où va-t-il ? — Dire à Nicolas :
« Nous laissons tout faire en Espagne... »

On n'entre pas.

C'est la consigne : on n'entre pas !

On n'entre pas.

« De l'Egalité dans nos âmes

L'amour saint brûla constamment ;

Jusqu'au fond du sol nous creusâmes

Pour lui faire un sûr fondement.

Tout vieux titre aristocratique

Etait alors un mauvais cas.

— De titres neufs on tient boutique...

On n'entre pas.

C'est la consigne : on n'entre pas !

On n'entre pas.

« De ces lieux dont un roi nous chasse

Nous avons pu chasser les rois.

Un locataire trop tenace

Dut en sortir à notre voix.

O peuple, contre ta colère

Il n'est point d'abri. — Chut ! Là-bas
Sur les fortins on délibère...

On n'entre pas.

C'est la consigne : on n'entre pas !

On n'entre pas.

« C'est là que le vieil équilibre
Croula, touché par notre main.
Nous vous léguâmes un jour libre....
Qu'avez-vous fait du lendemain ?
Jour et nuit alors pour la France
Suaient nos têtes et nos bras.
— Arrière ! ce soir la cour danse....

On n'entre pas.

C'est la consigne : on n'entre pas !

On n'entre pas.

Alors, s'éloignant de l'enceinte,
Le pauvre homme allait autre part.
Le conscrit, après une étreinte

Lui fit : « Dieu vous garde , vieillard !

J'ai du bon sang aussi. Mon père

Près d'ici , je le dis tout bas ,

Commandait un jour sous Santerre.... »

Puis il reprit : « On n'entre pas.

      On n'entre pas !   (*bis.*)

C'est la consigne : on n'entre pas. »

MES SOUHAITS DE BONNE ANNÉE.

Air *des Marionnettes* (de Béranger).

Encore un premier jour de l'an
  Que le temps nous apporte!
Cette date donne l'élan
  Aux vœux de toute sorte.
Puissiez-vous, gais et bien portants,
  Quand reviendra la fête,
En faire encore après cent ans...
  Oui, je vous le souhaite!

Ménages où l'on voit liés
  Le printemps et l'automne,
Vieux maris, près de vos moitiés

Que jeunesse aiguillonne,
A bon droit, vous en attendez
  Fidélité parfaite,
Pur amour, serments bien gardés...
  Oui, je vous en souhaite !

Que de badauds ambitieux,
  Pour s'enrichir plus vite,
Chez nous plongent à qui mieux mieux
  En pleine commandite !
Toute action pour spéculer
  Leur est de bonne emplette ;
Les dividendes vont grêler...
  Oui, je leur en souhaite !

La liberté devra beaucoup
  A la nouvelle Chambre.
On va te limer sur son cou
  Vil carcan de septembre !
Source de salutaires lois,

La Réforme complète
Même au génie offre des droits....
   Oui, je vous en souhaite !

Nos diplomates couards et mous,
   Que partout on brocarde,
Au lieu de se mettre à genoux,
   Sauront se mettre en garde.
Le coq du peuple souverain
   Redressera sa crète,
Le long des frontières du Rhin...
   Oui, je le lui souhaite !

On promet des amendements
   A nos taxes trop dures ;
On sappe les gros traitements,
   Les grasses sinécures.
L'Amérique sur nos écus
   N'enverra plus de traite ;
Les princes ne quêteront plus...
   Oui, je vous en souhaite !

Notre théâtre n'est plus veuf
   Veuf de la tragédie.
Il en naît une à l'esprit neuf,
   A la sphère agrandie.
Dumas de sa mémoire l'eût,
   C'est Ida qui l'allaite,
Et l'art en attend son salut....
   Oui, je le lui souhaite!

Qui trop embrasse mal étreint,
   Nous dit un vieil adage.
Je vais d'un souhait plus restreint
   Français, vous faire hommage.
Par les complots qu'on voit pleuvoir,
   Puisse dans sa couchette
Chacun de vous dormir ce soir....
   Oui, je vous le souhaite!

Complaintes.

COMPLAINTES.

—◦⟩◦⟩◦⟩◦⟩◦⟨◦⟨◦⟨◦⟨◦— —◦⟩◦⟩◦⟩◦⟩◦⟨◦⟨◦⟨◦⟨◦—

COMPLAINTE

Sur la fin lamentable et prématurée de M. Romieu, victime des
hannetons et ex-sous-préfet de Louhans, où il s'en vit cruel-
lement dévoré (*).

———————

AIR *de Fualdès.*

Entre l'index et le pouce,
Romieu tenait à l'écart
Une plume de canard

(*) On connaît le déplorable martyre de M. Romieu, charge
plaisante qui, sortie des bureaux de rédaction du *Charivari,*
eut cours dans le monde où elle passa longtemps pour une
quasi-vérité. On voulut n'y voir que l'exagération d'un fait réel,
à savoir que M. Romieu avait eu occasion d'user de son pouvoir
administratif à l'encontre des hannetons. Comme les hannetons

Dont il en peignait son *Mousse*, (*)

Quand un certain bruit se fait

Par devant son cabinet.

C'était le garde-champêtre

Qui s'en venait tout saisi,

Pâle de peur et transi,

S'aboucher avec son maître.

« Hélas ! pour l'amour de Dieu,

« Accourez, monsieur Romieu. »

— Que me voulez-vous donc ? qu'est-ce,

Répondit le sous-préfet,

« Pour ainsi du cabinet

« Venir m'arracher sans cesse ?

---

ne purent réclamer contre l'acte de mauvais goût qu'on leur prêtait, cette campagne valut à M. Romieu, la préfecture de la Dordogne qu'il occupe aujourd'hui avec distinction et sans hannetons.

(2) Œuvre de sous-préfet que l'homme de lettres n'osa pas contre-signer de son nom véritable.

« A moins que ce soit le feu...

— « C'est pas ça, monsieur Romieu.

« C'est, dit-il, une autre histoire;

« C'est les cruels-z-hannetons

« Qui s'en vont par escadrons,

« Ravager le territoire....

« Si vite vous n'accourez,

« Nous serons tous dévorés. »

Dedans ce péril extrême,

Ne consultant que son cœur,

Romieu, rempli de valeur,

S'équipa dès l'instant même;

Il embrassa tendrement

Son épouse et ses enfants.

« Chers objets, la mort dans l'âme,

« Je vous quitte avec regret;

« Mais vous m'en excuserez,

« Car le devoir me réclame.

« Quand le devoir a parlé,

« Il n'y a pas à reculer. »

Après ces scènes touchantes,

A tout Romieu décidé

Prit donc son habit brodé

Son épée étincelante,

Sans oublier toutefois

Mousse et *Bulletin des lois*.

Accompagné du champêtre,

Vite en campagne il se mit,

Marchant droit à l'ennemi,

Pour d'abord le reconnaître.

Assez longtemps il marcha,

Puis enfin le rencontra.

Ce hanneton incendiaire

En si grand nombre volait,

Que sa masse obscurcissait

Le soleil qui nous éclaire,

Faisant un bruit si confus,
Qu'à la chambre l'on se fût cru.

Romieu, qu'un danger retrempe,
Dit, en grossissant sa voix :
« Une fois, deux fois, trois fois,
« Vilain animal, décampe ! »
Mais l'animal sans effroi
Devant Romieu resta coi.

Romieu transporté de rage,
Tire son épée, et leur
Envoya sa croix d'honneur,
Avec son *Mousse* au visage ;
Mais l'animal furieux
N'en devint que plus nombreux.

L'insecte comme une teigne,
Rongea tout le sous-préfet ;
Commençant par le plumet,
Et finissant par l'empeigne ;

A l'instant il dévora
Yeux, pieds, mains et cœtera.

Comme il avait la peau tendre,
Il n'eut bientôt plus d'espoir ;
C'était pitié de le voir,
C'était pitié de l'entendre.
Dans l'eau, le garde caché
De pleurs était inondé.

Il a brandi son épée
Tant qu'il eut un bras encor ;
Mais lorsque de tout son corps
Sa langue seule est restée,
Cette langue a proféré :
« Vive le roi des Français !

Bientôt le garde-champêtre
A recueilli ses débris,
Lesquels étaient si chétifs
Qu'en sa poche il put les mettre ;

Car il ne restait, l'on croit,
Que le *Mousse* avec la croix.

En ramassant le volume,
Le champêtre éploré dit :
« Guerre à l'animal qui fit
« Du *Mousse* une œuvre posthume !
« Je voue au courroux de Dieu
« Les bourreaux de feu Romieu ! »

Le ciel de cette vengeance
A pris le soin en effet ;
Car déjà tous les préfets
Et les sous-préfets de France,
En ont alloué des fonds
Pour purger les-z-hannetons.

Sur le tombeau du grand homme,
On écrivit : « Ci-git qui
« Du hanneton perverti
« N'a pu sauver le royaume.

« Il fut bon fils , bon préfet ,

« Bon camarade et très gai. » (*)

MORALE.

Français ! ceci vous regarde :

Apprenez par là qu'il faut

Payer rectà ses impôts ,

Et rectà monter sa garde ,

Et, pour vivre en bon chrétien ,

Chérir son roi citoyen.

* M. Romieu, avant son martyre véritable, je veux dire avant sa métamorphose en magistrat, s'intitulait lui-même *l'homme le plus gai de France.* Je ne sais pas, si depuis il est resté le plus gai des fonctionnaires; mais il est certain qu'il est un de ceux qui ont le plus prêté à rire.

LA RÉSURRECTION DU NEZ DE D'ARGOUT.]

(Janvier 1836)

AIR. *Etc. pour la mère Camus.*

Magnificat et *Laudate !*
 Pour la France
 Quelle espérance !
Magnificat et *Laudate !*
 Le grand nez est ressuscité !

De ce nez si cher à la France,

Nous pleurions la trop longue absence.

Plus qu'au cabinet foutriquet

Aux petits journaux il manquait.

Magnificat et *Laudate !*
 Pour la France
 Quelle espérance !

Magnificat et *Laudate !*
Le grand nez est ressuscité !

Au bercail une heureuse intrigue
Ramène enfin le nez prodigue :
Montalivet, pour le repas,
A déjà ceint le torchon gras.

   . *Magnificat* et *Laudate !*
      Pour la France
      Quelle espérance !
   Magnificat et *Laudate !*
   Le grand nez est ressuscité !

D'Humann la retraite perfide
Au pouvoir laissait un grand vide.
Mais ce nez divin, n'importe où,
Est bien propre à boucher un trou.

   Magnificat et *Laudate !*
      Pour la France
      Quelle espérance !
   Magnificat et *Laudate !*
   Le grand nez est ressuscité

Bien qu'une forte concurrence
Ait disputé la préférence,
On a dû jeter avant tout
Le mouchoir au nez de d'Argout.

 Magnificat et *Laudate !*
  Pour la France
  Quelle espérance !
 Magnificat et *Laudate !*
 Le grand nez est ressuscité !

Le Cabinet, pour nous instruire
Qu'au Cinq il ne veut rien réduire,
S'est adjoint, en ce cas fortuit,
Un nez qui n'a rien de réduit.

 Magnificat et *Laudate !*
  Pour la France
  Quelle espérance !
 Magnificat et *Laudate !*
 Le grand nez est ressuscité

Depuis qu'enfoui dans la banque,
A nos ministres ce nez manque,

L'encens d'un peuple transporté
Jusqu'aux leurs n'est jamais monté.

> *Magnificat* et *Laudate !*
>   Pour la France
>   Quelle espérance !
> *Magnificat* et *Laudate !*
>   Le grand nez est ressuscité !

Enfin, grâce à la bien-venue
D'un nez qui toujours éternue,
On lui dira dorénavant :
« Dieu vous bénisse ! » plus souvent.

> *Magnificat* et *Laudate !*
>   Pour la France
>   Quelle espérance !
> *Magnificat* et *Laudate !*
>   Le grand nez est ressuscité !

Il fallait un homme docile :
Eh bien ! qu'on en trouve entre mille
Deux qui puissent être menés,
Autant que d'Argout, par le nez.

Magnificat et *Laudate !*
Pour la France
Quelle espérance !
Magnificat et *Laudate !*
Le grand nez est ressuscité !

Que la finance se console !

Nous allons voir tout monopole

Fleurir sous le nez de d'Argout,

Mais celui du tabac surtout !

Magnificat et *Laudate !*
Pour la France
Quelle espérance !
Magnificat et *Laudate !*
Le grand nez est ressuscité !

Pourtant les méchants, quoiqu'on dise,

Sur ce grand nez ont trouvé prise.

C'est pour les ministres bernés,

Assurent-ils, un pied de nez.

Magnificat et *Laudate !*
Pour la France

Quelle espérance !
Magnificat et *Laudate !*
Le grand nez est ressuscité !

Ces sornettes ne sont pas neuves.
Avec d'Argout qui fit ses preuves,
Les anarchistes forcenés
Savent ce qui leur pend au nez.

Magnificat et *Laudate !*
Pour la France
Quelle espérance !
Magnificat et *Laudate !*
Le grand nez est ressuscité

A vos lyres, fils du Parnasse !
Pour célébrer ce jour de grâce,
D'Argout, tous les rimeurs bien nés
Vont te tirer les vers du nez.

Magnificat et *Laudate !*
Pour la France
Quelle espérance !
Magnificat et *Laudate !*
Le grand nez est ressuscité !

COMPLAINTE

Sur la douloureuse évasion des détenus d'avril, déférés à la cour des pairs qui se sont sauvés sans attendre le châtiment de leurs forfaits de la prison de Sainte-Pélagie, par ruse et par un trou dans une cave.

AIR *de Fualdès.*

Écoutez tous l'infamie
De ces gueux de prisonniers
Qui viennent de se sauver
Dehors Sainte-Pélagie. .
Pour faire cet affreux coup,
Ils étaient vingt-neuf en tout.

Sous prétexte qu'en la geôle
On les avait retenus

Pendant quinze mois et plus,
Voilà que chacun s'envole.
De ces monstres entêtés,
Trois seulement sont restés.

C'est une indélicatesse
De la part de ces grossiers,
Car, sauf la liberté,
Tout-à-fait libres on les laisse,
Dont ils en ont abusé
Pour s'évader en secret.

Dans cette prison fort bonne,
Ils étaient pourtant très-bien.
Il ne leur-z-y manquait rien :
Pour leur argent on leur donne
Eau pure à discrétion,
Pain avec discrétion.

Mais ces gueux ont pour maxime

De n'être contents jamais.

Après avoir ravalé

Notre pouvor magnanime,

Ne devaient-ils pas aussi

Faire de leur prison fi?

Ils sont entrés dans la cave

Avec une fausse clef

Qu'ils avaient fait fabriquer :

En ceci leur cas s'aggrave.

Cette clef aux mécontents

A donné la clef des champs.

Quand dans la cave ils se trouvent,

Ces scélérats malfaisants

Ont fait un raisonnement

Où leur malice se prouve :

Si nous perçons, tôt ou tard

Nous irons bien quelque part.

Ils ont percé l'ouverture

Avec leurs doigts doucement,

Quelquefois avec leurs dents ;
Puis, dans une couverture,
Pour mieux se mettre à couvert,
Ils ont amassé la terre.

Après, dans la solitude,
Sur cette terre amassée
Ont marché pour la fouler :
Tant ces gueux ont l'habitude
De toujours fouler aux pieds
Les choses les plus sacrées !

Lorsqu'ils ont creusé la terre
Quarante pieds de longueur
Sur quatre pieds de largeur,
Ils ont revu la lumière,
Sous une allée de tilleuls
Qui les dérobait à l'œil.

Au même instant des complices
Chez les maîtres de l'allée

Poliment s'en sont allés
Afin qu'ils les avertissent ;
En attendant le moment,
Les ont distraits-t-en causant.

Tout en conversant, la femme
La première ouït le bruit ;
Un complice alors lui dit :
« Ne prenez pas peur, madame !
« C'est des captifs qui s'en va :
« On vous paira le dégât. »

C'est par cette fourberie
Depuis long-temps calculée,
Que l'on a vu détaler
Toute une catégorie,
Dont ils ont pris leur congé
Même avant d'être jugés.

Depuis ce moment funeste,
On les a cherchés partout

Tout en posant des verroux
Pour garder ce qui en reste,
Mais très-peu sont attrapés ;
C'est la police qui l'est.

MORALE.

Il faut, ceci nous l'enseigne,
Dans l'intérêt du pays,
Bien surveiller les partis
Et les menées souterraines,
Puisque c'est, en général,
Dans l'ombre qu'ils font le mal.

MA CUISINE.

Élégie de M. Montalivet, ex-cuisinier de la liste civile, présentement ministre.

AIR : *Je veux revoir ma Normandie.*

Depuis que j'ai fui la souillarde
Pour entrer dans le cabinet,
Un chagrin secret me lézarde ;
Déjà déserte mon mollet.
Je pâlis, je souffre, je pleure,
Je deviens bourru comme un ours....
Je veux revoir le pot-à-beurre
De la cuisine où finiront mes jours.

Des humains l'ambition folle
Convoite mon habit doré ;
J'aime bien mieux la camisole,
La serviette est plus à mon gré.
Si nul obstacle ne m'empêche,
Je reprends mes anciens atours ;
Je veux revoir mon casque-à-mèche,
Dans la cuisine où finiront mes jours.

Dans ce temps de guerre civile,
Où le volcan toujours mugit,
Ma cuisine est un sûr asile ;
J'aime mieux frire qu'être frit.
Vers mon fourneau je me retire ;
L'émeute ignore ses détours.
Je veux revoir la poële-à-frire
De la cuisine où finiront mes jours.

Je vois l'hydre de l'anarchie
Qu'on décapite tous les mois,

Tous les mois, sur la monarchie
Se redresser, bien qu'aux abois.
Les chats qu'en civets je chipotte
Ne sortent jamais de mes fours.
Je veux revoir la gibelotte
De la cuisine où finiront mes jours.

En ma qualité de ministre,
Tous les jours je suis en rapport
Avec la cohorte sinistre
Qui des antres policiers sort.
De ces Judas au regard louche
Comment fuir le hideux concours?
Je veux revoir le garde-mouche
De la cuisine où finiront mes jours.

« Fuis, m'avait-on dit, la cuisine!
On s'y salit du haut en bas :
On devient, dans cette sentine,
Plus gras encor qu'un torchon gras. »

De Sauzet la vieille lévite
Prouve la propreté des cours.
Je veux revoir la lêchefrite
De la cuisine où finiront mes jours.

Quart-tiers-parti , gauche, doctrine,
De tout on a fait un salmis
Si confus que nul n'y devine
Ses amis ni ses ennemis.
Loin d'un pot-pourri qui m'embrouille,
Vers mes casseroles j'accours.
Je veux revoir la ratatouille
Dans la cuisine où finiront mes jours.

NOUVELLE COMPLAINTE

Sur la crise ministérielle, par suite de laquelle M. Molé s'est
trouvé en pied.

AIR *de Fualdès.*

De notre crise actuelle
Les personnes qui voudront
Connaître l'histoire à fond
Et savoir de ses nouvelles,
Elles n'ont qu'à m'écouter,
Car je vais leur en conter.

Lorsque le feu ministère
De sa place s'est démis,
Vite à la cour on a dit :
« C'est un autre qu'il faut faire.
« Puisque voilà Thiers parti,
« Acceptons le tiers-parti. »

Mais quoi ! pouvait-on s'attendre,
Parmi le gouvernement,
A , dans un pareil moment,
Ne pas trouver Dupin tendre ?
Passy, Sauzet sont, c'est sûr,
Restés avec Dupin dur.

La crise était délicate,
Et l'on a dit aussitôt
« Puisque Dupin est trop haut,
« Pour nous prêter sa savate,
« Dans le bas il faut chercher ;
« Nous y trouverons Molé. »

Molé possède le germe
De mille dons précieux.
On dit Molé rond, nerveux,
On le dit surtout très-ferme.
Il fut toujours franc. Jamais
On ne trouve faux Molé.

Si Jackson toujours ragote
Des menaces contre nous;
Si, pour en venir à bout,
Il faut tirer une botte,
Dans la botte qui pourrait
Mieux figurer qu'un Molé?

D'après les bruits qu'on recueille
On placera, c'est certain,
Le portefeuille en sa main;
Mais au lieu de portefeuille,
On devrait plutôt donner
Une chaussette à Molé.

A grands cris la cour demande
Un président , prétend-on ,
Qu'elle puisse, sans façon,
Traiter par-dessous la jambe.
Nul ne peut être à son gré
En ce cas mieux qu'un Molé.

Pour que tous les fonctionnaires
Restent sans relâchement
Ralliés au gouvernement,
C'est un homme nécessaire.
Tous bientôt vous les verrez
L'os et la chair de Molé.

Au puissant roi d'Angleterre,
Pour Molé le président,
Nous demandons instamment
L'ordre de la jarretière;
Car la jarretière fait
Bon effet sur un Molé.

MORALE.

Que tout ceci vous apprenne
A vivre chrétiennement,
Austèrement, dignement.
C'est la méthode cer aine
Pour que l'on ne soit jamais
Ni ministre, ni damné.

TABLE.

PAGES.

Préface   5

La Chanson n'est pas morte   13
Quel Froid !   17
Les Masques   21
Cœlina la blanchisseuse.   25
Vous n'êtes plus la France   32
La restauration des Chants d'église   38
Les Foutriquets   42
Le Vainqueur de juillet.   49
L'improvisation   52
Les Calomnies de Grandvaux   55
L'Impôt du Pauvre   59
Fi de la popularité !   64
M. Sauzet à son vieil habit   67
Hercule et Omphale.   70
L'Actrice favorite   75
Le Voyage en Allemagne   80
Les deux Héritiers présomptifs   85
L'Interdiction.   89
La Vieillesse   93
Bagatelle.   96

A la duchesse d'Orléans 101
La fête de l'Hôtel-de-Ville. 108
Pierre 112
La Parisienne de 1837 117
Les Devants de cheminée. 122
Les Souvenirs d'un viveur 126
La Clé de la Liste civile. 130
Le nouvel élu. 134
Ça dépend du prix qu'on y met. 140
Souvenez-vous de moi. 145
Le vieux Conventionnel. 148
Mes Souhaits de bonne année. 152

COMPLAINTES.

Complainte sur la fin lamentable et prématurée de
  M. Romieu. 161
La résurrection du nez de d'Argout. 169
Complainte sur la douloureuse évasion des détenus d'a-
  vril, etc. 175
Ma Cuisine. 181
Nouvelle complainte sur la crise ministérielle. 185

CATALOGUE

DES

PUBLICATIONS POPULAIRES,

Historiques, Politiques, Philosophiques et Littéraires,

DE

PAGNERRE, ÉDITEUR,

RUE DE SEINE, 14 BIS.

(Mars 1843.)

OUVRAGE TERMINÉ.

DICTIONNAIRE POLITIQUE,

Encyclopédie

DU LANGAGE ET DE LA SCIENCE POLITIQUES,

PAR UNE RÉUNION

de Députés, de Publicistes et de Journalistes,

avec une introduction

PAR GARNIER-PAGÈS.

Un volume grand in-8 jésus vélin, de près de 1,000 pages à deux colonnes, contenant la matière de 12 volumes in-8 ordinaires, orné d'un portrait de GARNIER-PAGÈS sur chine.

Prix : **20** francs.

NOUVELLE PUBLICATION : *Le Dictionnaire politique* est aussi publié en **40 livraisons**. Chaque livraison contient 24 pages ou 48 colonnes.—Il paraît une livraison tous les samedis.

Prix : **50** centimes la livraison.

Il y a des exemplaires élégamment et solidement reliés.

M. Cormenin.

DROIT ADMINISTRATIF,

5ᵉ édition, revue, augmentée,

ET PRÉCÉDÉE D'UNE INTRODUCTION.

2 forts volumes in-8 grand-raisin.

——

ÉTAT DE LA QUESTION. Pamphlet publié lors des élections générales de 1839. In-52.   50 c.

UN MOT sur le pamphlet de police intitulé : *La Liste civile dévoilée* (1857). In-52.   25 c.

CONCLUSUM sur la même question.   15 c.

LE MAITRE D'ÉCOLE. 16 pages in-52 vélin, avec deux jolies vignettes. 3 fr. le cent.   L'ex. : 5 c.

MÉMOIRE SUR L'EMPOISONNEMENT PAR L'ARSENIC. In-octavo.   1 fr.

Timon.

QUESTIONS SCANDALEUSES D'UN JACOBIN, au sujet d'une Dotation; suivie de la *Réfutation du Rapport de M. Amilhau* (1840). 17ᵉ édition. In-52.   50 c.

DE LA CENTRALISATION (1842), un volume in-32, jésus vélin.   1 fr. 25

AVIS AUX CONTRIBUABLES. Juin 1842. In-52.   50 c.

2ᵉ AVIS AUX CONTRIBUABLES *ou* RÉPONSE AU MINISTRE DES FINANCES. In-52.   25 c.

Sous Presse.]

DIALOGUES CAMPAGNARDS.

Timon.

LIVRE DES ORATEURS,

12e Édition

Contenant deux fois plus de matières que les éditions en
petit format.

ILLUSTRÉE PAR 27 MAGNIFIQUES PORTRAITS,

peints d'après nature ou empruntés à nos grands maîtres,

ET GRAVÉS SUR ACIER PAR L'ÉLITE DE NOS ARTISTES.

4 vol. in-8 de 600 pages, imprimé avec luxe par SCHNEIDER
et LANGRAND, sur papier grand jésus vélin glacé, des fabriques
du *Marais* et d'*Essonne*. PRIX : 45 FRANCS.

Id. épreuves sur Chine avant la lettre, 21 fr.
Id. *Id*. *Id*. avec la lettre. 18 50
Id. *Id*. sur blanc avant la lettre. 18 50

NOUVELLE PUBLICATION. — *Le Livre des Orateurs* est aussi
publié en 30 livraisons, contenant chacune 2 feuilles de
de texte et un portrait, ou 3 et 4 feuilles de texte sans
portrait; il paraît une livraison tous les samedis.

Prix : 50 c. la livraison.
75 *Id*. sur papier de Chine avant la lettre

Il y a des exemplaires élégamment et solidement reliés.

LISTE des VINGT-SEPT PORTRAITS.	NOMS des PEINTRES ET DES GRAVEURS.
Mirabeau, Danton, Napoléon Bonaparte, Manuel, De Serre, De Villèle, Foy, Martignac, Royer-Collard, Benjamin Constant, Guizot, Thiers, Berryer, Fitz-James, Casimir Périer, Dupin aîné, Sauzet, Lamartine, Mauguin, Odilon Barrot, Garnier-Pagès, Lafayette, Laffitte, Arago, Jaubert, O'Connell, et celui de l'Auteur.	Ch. Blanc, Bosselmann, J. Caron, Calamatta, David (le peintre), David (le statuaire), P. Delaroche, Drolling, Gianni, Giroux, Goutière, Gros, Hersent, Janron, C. Jacquemin, Ladérer, Marckl, Nargeot, Panier, Robertson, Rouillard, A. Scheffer, H. Scheffer, Vallot, H. Vernet, Walter-Halter, Wolf, Mesd. DeMirbel et DeMontfort.

NOTA. Il a été tiré 50 exemplaires de chaque portrait sur
format in-4° (27 centimètres sur 35) jésus papier de Chine
ayant la lettre et avec la | Prix avant la lettre.. 4 fr. 25
lettre, épreuves d'artistes. | avec la lettre.. 4 .fr. »

M. Lamennais.

ESQUISSE D'UNE PHILOSOPHIE.

3 beaux et forts vol. in-8.—22 fr. 50 c.

L'ouvrage est aussi publié en neuf livraisons à 2 fr. 50 c.

On peut retirer — par livraison — par volume — ou l'ouvrage entier.

DISCUSSIONS CRITIQUES ET PENSÉES DIVERSES SUR LA RELIGION ET LA PHILOSOPHIE (1841). 1 beau vol. in-8.   5 fr.

LE LIVRE DU PEUPLE. 1 joli vol. in-32, jésus vélin. 7° édition.   1 fr. 25 c.
  Le même, nouvelle édition augmentée d'une préface, et imprimée avec luxe. 1 vol. in-8.   2 fr. 50 c.

PAROLES D'UN CROYANT. Nouvelle et très-jolie édition. 1 vol. in-32.   75 c.
  Le même. 1 vol. in-8.   2 fr. 50 c.

AFFAIRES DE ROME. 3° édition. 2 vol. in-32.   2 fr. 50 c.

POLITIQUE A L'USAGE DU PEUPLE. 4° édition. 2 vol. in-32.   2 fr. 50 c.

DE L'ESCLAVAGE MODERNE. 4° édit. 1 vol. in-32. 75 c.

QUESTIONS POLITIQUES ET PHILOSOPHIQUES. 2 vol. in-32.   2 fr. 50 c.

DE LA RELIGION (1841). 1 vol. in-32.   1 fr. 25 c.

DU PASSÉ ET DE L'AVENIR DU PEUPLE (1841). 1 vol. in-32.   1 fr. 25 c.

SERVITUDE VOLONTAIRE. In-8.   1 fr. 50 c.

PROCÈS DE M. LAMENNAIS, à l'occasion de l'écrit intitulé : *le Pays et le Gouvernement.* Relation complète, REGNAULT. 1 vol. in-8.   1 fr.

AMSCHASPANDS ET DARVANDS. 1 beau vol. in-8. 6 fr.

M. Louis Blanc.

RÉVOLUTION FRANÇAISE,

HISTOIRE DE 10 ANS,

1830 — 1840.

5 vol. in-8, publiés en 80 livraisons.

PRIX : 25 CENT. LA LIVRAISON. — 4 FR. LE VOLUME.

Les trois premiers volumes sont en vente.

———

M. Cabet.

HISTOIRE POPULAIRE

DE LA

REVOLUTION FRANÇAISE,

DE 1789 A 1830,

PRÉCÉDÉE D'UNE INTRODUCTION CONTENANT UN

PRÉCIS DE L'HISTOIRE DES FRANÇAIS,

depuis leur origine jusqu'aux états généraux.

NOUVELLE SOUSCRIPTION publiée en trente-six livraisons de
4 feuilles ou 64 pages chacune. — Il paraît une livraison tous
les samedis.

PRIX : 50 C. LA LIVRAISON.

L'ouvrage forme 4 beaux vol. in-8 de plus de 500 pages
imprimés avec soin sur très-beau papier.

4 FR. 50 C. LE VOL. — 18 FR. L'OUVRAGE COMPLET.

On peut retirer — par livraison — par volume — ou l'ouvrage entier.

RÉVOLUTION DE 1830 ET SITUATION PRÉSENTE,
expliquées et éclairées par les révolutions de 1789, 1792,
1779 et 1804, et par la restauration. 2 vol. in-12. 1 fr. 75 c.
Le même. 1 beau vol. in-8, papier fin.   6 fr.

M. Altaroche.

CONTES, DIALOGUES ET MÉLANGES DÉMOCRATIQUES. 2ᵉ édition. 1 joli vol. in-32, jésus vélin. 1 fr. 25 c.

CHANSONS POLITIQUES (1833). 1 joli vol. in-18. 5 fr.

CHANSONS POLITIQUES (nouvelles). 2ᵉ édition. 1 joli vol. in-32, jésus vélin. 1 fr. 25 c.

LA RÉFORME ET LA RÉVOLUTION, Paraboles historiques (1841). 1 joli vol. in-32. 1 fr. 25 c.

M. Chapuys-Montlaville.

ÉTUDE SUR TIMON. 1 vol. in-32. 3ᵉ édition. 25 c.

MAZAGRAN, récit des journées des 3, 4, 5 et 6 février. 1 vol. in-32. 3ᵉ édition. 50 c.

RÉFORME ÉLECTORALE : LE PRINCIPE ET L'APPLICATION (1841). 1 vol. in-32. 1 fr. 25 c.

M. Auguste Luchet.

RÉCIT DE L'INAUGURATION DE LA STATUE DE GUTENBERG et des fêtes données à Strasbourg les 24, 25 et 26 juin 1840; par Aug. LUCHET, délégué par la Société des gens de lettres aux fêtes de l'Inauguration; orné d'une jolie vignette représentant la statue de GUTENBERG, par David (d'Angers). 1 vol. in-32. 1 fr. 25 c.

JUSTES FRAYEURS D'UN HABITANT DE LA BANLIEUE à propos des fortifications de Paris. 1 volume. in-32. (1841.) 50 c.

M. V. Schœlcher.

DES COLONIES FRANÇAISES. Abolition immédiate de l'esclavage. 1 beau vol. in-8. (1842.) 6 fr.

COLONIES ÉTRANGÈRES ET HAITI, résultats de l'émancipation anglaise, etc. 2 vol. in-8. 12 fr.

ABOLITION DE L'ESCLAVAGE, examen critique du préjugé contre la couleur des Africains et des sang-mêlés. 1 vol. in-32 jésus vélin. (1840.) 1 fr. 25 c.

M. Charles Didier.

NATIONALITÉ FRANÇAISE (1841). 1 vol. in-32.   75 c.

J. Bentham.

CATÉCHISME DE LA RÉFORME ÉLECTORALE, précédé d'une lettre à TIMON sur l'état actuel de la démocratie en Angleterre; par M. ÉLIAS REGNAULT. 1 vol. in-32, orné du portrait de Bentham.   1 fr. 25 c.

SOPHISMES PARLEMENTAIRES, traduits de l'anglais et précédés d'une lettre à M. GARNIER-PAGÈS, sur l'*Esprit de nos Assemblées délibérantes*, par M. ÉLIAS REGNAULT. 1 beau vol. in-8.   5 fr.

Sous Presse.

TACTIQUES DES ASSEMBLÉES DÉLIBÉRANTES. 1 vol. in-8.

P.-J. Béranger.

OEUVRES COMPLÈTES DE P.-J. BÉRANGER. Nouvelle et très-jolie édition (1841). 3 vol. in-32, ornés d'un beau portrait.   5 fr. 50 c.

P.-L. Courier.

PAMPHLETS politiques et littéraires, avec la Notice de A. CARREL. 2 vol. in-32, jésus vélin.   2 fr. 50 c.

Sieyès.

QU'EST-CE QUE LE TIERS-ÉTAT? Brochure publiée en 1789, par SIEYÈS, précédée d'une introduction par M. CHAPUYS-MONTLAVILLE, député. 1 vol. in-32, orné du portrait de Sieyès.   1 fr. 25 c.

Général Pépé.

L'ITALIE POLITIQUE, avec une Introduction, par M. CH. DIDIER (1840). 1 vol. in-32.   2 fr.

Agricol Perdiguier.

LE LIVRE DU COMPAGNONNAGE; par A. PERDIGUIER, dit *Avignonais la Vertu*, compagnon menuisier. 2e édition considérablement augmentée. 2 vol. in-32. 2 fr. 50 c.

Ludwic Bœrne.

FRAGMENTS POLITIQUES ET LITTÉRAIRES, précédés d'une Note par M. CORMENIN et d'une Notice sur la vie et les écrits de BŒRNE. 1 fort vol. in-32 jésus vélin, orné du portrait de l'auteur.   1 r. 50c.

Elias Regnault.

HISTOIRE CRIMINELLE DU GOUVERNEMENT AN-GLAIS, depuis les premiers massacres de l'Irlande jusqu'à l'empoisonnement des Chinois. 1 vol. in-8 de 500 pag. 4 fr

L'ouvrage est aussi publié en 16 livraisons à 25 centimes une tous les samedis.

M. Eusèbe de Salle.

PÉRÉGRINATIONS EN ORIENT, ou Voyage pittoresque, historique et politique, en Égypte, Syrie, Palestine, Turquie, Grèce, etc., pendant les années 1837, 1838, 1839 et 1840. 2 forts vol. in-8.   15 fr.

M. Alexis Dumesnil.

HISTOIRE DE L'ESPRIT PUBLIC EN FRANCE depuis 1789, des causes de son altération et de sa décadence. 2° édition. 1 beau vol. in-8.   5 fr.

M. Courcelle-Seneuil.

LE CRÉDIT ET LA BANQUE, études sur les réformes à introduire dans l'organisation de la Banque de France et des Banques départementales, contenant un exposé de la constitution des Banques américaines, écossaises, anglaises. françaises. In-8.   2 fr.

Général Soltyk.

LA POLOGNE, Précis historique, politique et militaire de sa révolution, précédé d'une esquisse de l'histoire de la Pologne, depuis sa fondation jusqu'en 1830; par ROMAN SOLTYK, membre de la diète, général de brigade d'artillerie. 2 vol. in-8, accompagnés de 4 cartes et de 4 portraits.   16 fr.

Cet ouvrage est, jusqu'à ce jour, le plus exact et le plus complet qui ait été publié sur la révolution de Pologne.

Aristide Guilbert.

DE LA COLONISATION DU NORD DE L'AFRIQUE, nécessité d'une association nationale pour l'exploitation agricole et industrielle de l'Algérie. 2° édition, 1 vol. in-8.
      7 fr. 50 c.

———

NÉMÉSIS; par BARTHÉLEMY. 2 beaux et forts vol. in-32. 3 fr.
ESSAI *sur les moyens d'extirper les préjugés des blancs* contre la couleur des africains et des sang-mêlés, ouvrage couronné par la Société française pour l'abolition de l'esclavage, par S. Linstant d'Haïti. 1 vol. in 8.   3 fr. 50
ÉMIGRATION A LA GUYANE ANGLAISE, par FÉLIX MILLEROUX. 1 vol. in-8°, orné de 3 cartes.   2 fr. 25 c.

M. de Lamartine.]

DISCOURS prononcé à chambré des députés, le 27 janvier 1843, in-32, jésus vélin.   25 c.

M. H. Lalouel.

LES ORATEURS DE LA GRANDE-BRETAGNE, depuis Charles Ier jusqu'à nos jours (1841), précédés d'une lettre de M. DE CORMENIN. 2 vol. in-8.   15 fr.

Miss Martineau.

VOYAGE AUX ÉTATS-UNIS, ou *Tableau de la société américaine*, comprenant : institutions politiques, gouvernement, administration, budget, douanes, propriété, esclavage, commerce, industrie, manufacture, salaire, voies de communication, mœurs, habitudes, religion, etc., etc.; par miss MARTINEAU; traduit de l'anglais par M. BENJAMIN LAROCHE. 2 forts vol. in-8.   5 fr.

M. Armand Marrast.

VINGT JOURS DE SECRET, ou le Complot d'avril. 1 vol. in-8.   75 c.

PARIS RÉVOLUTIONNAIRE.

Par MM. Altaroche, Arago, Cavaignac, Cormenin, F. Degeorge Fontan, Hauréau, Laponneraye, A. Luchet, A. Marrast, F. Pyat, Raspail, Trélat, etc., etc., *nouvelle publication*. 4 beaux et forts vol. in-8. — L'ouvrage complet.   12 fr.

BIOGRAPHIES.

BIOGRAPHIE DES DÉPUTÉS (Chambre dissoute avec une 2ᵉ partie contenant les principaux votes de chaque députés). 2 vol. in-32.   2 fr. 50 c.

Le *Supplément* se vend séparément.   50 c.

BIOGRAPHIE DES DÉPUTÉS (session de 1831). 1 volume in-8.   2 fr. 50 c.

COMPTES RENDUS DES SESSIONS LÉGISLATIVES, publiés par la Société *Aide-toi, le Ciel t'aidera*. — Sessions de 1832, 1833 et 1834. — 3 vol. in-8.   7 fr. 50 c.

Chaque volume se vend séparément   2 fr. 50 c.

Collection de Procès politiques,

DEPUIS LA RÉVOLUTION DE 1830.

15 VOL. IN-8 : 50 FR.

Les procès suivants se vendent séparément :

PROCÈS DES ACCUSÉS D'AVRIL devant la Cour des Pairs. — PROCÈS DU RÉFORMATEUR devant la Chambre des Députés. — PROCÈS DES DÉFENSEURS DES ACCUSÉS D'AVRIL devant la Chambre des Pairs. 5 vol. in-8.   10 fr.

Cette publication est la seule qui présente la réunion complète de tous les actes, documents et faits relatifs au procès d'avril.

— DE FIESCHI devant la Cour des Pairs. 3 beaux vol. in-8, avec un plan de la Chambre des Pairs.   6 fr.

— DES ACCUSÉS DU COMPLOT DE NEUILLY devant la Cour d'assises. 1 vol. in-8.   1 fr. 50 c.

— DES DIX-NEUF PATRIOTES (ou des Artilleurs). 1831. In-8.   2 fr. 50 c.

— ET PRISON. — Impression de Sainte-Pélagie, par H. DAVID DE THIAIS. In-8.   1 fr.

— DU DROIT D'ASSOCIATION (ou de la *Société des Amis du Peuple*). In-8.   75 c.

— DE M. CABET (1834).   50 c.

— DU PROPAGATEUR DU PAS-DE-CALAIS.   25 c.

— DU PATRIOTE DE LA COTE-D'OR.   25 c.

— DE LA TRIBUNE (81° et 82°); condamnation à 22,000 fr. d'amende, cinq ans de prison. In-8.   10 c.

— DE VIGNERTE. 20 pages in-8.   15 c.

— DES VINGT-SEPT. *Raspail, Kersausie,* etc. In-8. 15 c.

PROCÈS DU PATRIOTE DE L'ALLIER; discours d'*Achille Roche* et *Trélat.* In-12. 10 c.

— **DE DELENTE** (ou des crieurs publics). In-8. 10 c.

— **DE LA GLANEUSE.** In-8. 5 c.

— **ET ACQUITTEMENT DU NATIONAL** (affaire de l'ordonnance sur l'avancement); plaidoirie de M° *Michel* (*de Bourges*). In-8. 50 c.

— **DE HUBER ET DE SES COACCUSÉS.** 1 vol. in-8. 1 fr.

— **DE LAITY** devant la Cour des Pairs; plaidoirie de M° *Michel.* 1 vol. in-8. 1 fr.

— **DE M. GISQUET** contre le *Messager* (*affaire des omnibus*). 1 vol. in-8. 1 fr. 25 c.

— **DES ACCUSÉS DES 12 ET 13 MAI.** PREMIÈRE CATÉGORIE. *Barbès* et autres. 1 vol. in-8. 2 fr. 75 c.

Idem. DEUXIÈME CATÉGORIE. *Blanqui* et autres. 50 c.

— **DE M. F. LAMENNAIS.** Relation complète contenant les faits préliminaires, le réquisitoire, tous les passages incriminés, les plaidoiries, la déclaration de M. F. Lamennais, l'opinion des journaux, etc., suivi d'une Notice biographique et littéraire sur M. Lamennais, par ÉLIAS REGNAULT. 1 vol. 1 fr.

— **DE NAPOLÉON-LOUIS BONAPARTE** devant la Cour des Pairs. 1 vol. in-8. 2 fr. 25 c.

— **DE DARMÈS** devant la Cour des Pairs. 1 vol. in-8. 75 c.

LETTRE D'UN DÉFENSEUR AUX ACCUSÉS D'AVRIL; par M. SAINT-ROMME. 25 c.

DISCOURS DE LAGRANGE devant la Cour des Pairs. In-8. 10 c.

DISCOURS DE TRÉLAT devant la Cour des Pairs. In-8. 10 c.

———

PROCÈS DE MADAME LAFARGE. Sur la Relation complète des affaires du vol des diamants et d'empoisonnement. 2° édition. 1 fort vol. in-8. fr. 25 c.
Contenant les débats devant toutes les juridictions.

BIBLIOTHÈQUE
POLITIQUE ET PHILOSOPHIQUE,
collection de jolis volumes in-32,

IMPRIMÉS AVEC LUXE

sur papier grand jésus vélin.

—

Chaque ouvrage se vend séparément.

—

LAMÉNNAIS.—PAROLES D'UN CROYANT. 1 vol. 75 c. — LIVRE DU PEUPLE. 1 vol. 1 fr. 25 c. — AFFAIRES DE ROME. 2 vol. 2 fr. 50 c. — POLITIQUE A L'USAGE DU PEUPLE. 2 vol. 2 fr. 50 c. — DE L'ESCLAVAGE MODERNE. 1 vol. 75 c. — QUESTIONS POLITIQUES ET PHILOSOPHIQUES. 2 vol. 2 fr. 50 c. — DE LA RELIGION. 1 vol. 1 fr. 25 c. — DU PASSÉ ET DE L'AVENIR DU PEUPLE. 1 vol. 1 fr. 25 c. — Ensemble 11 vol. 12 fr. 75.

CORMENIN.. — UN MOT sur le pamphlet de police intitulé la *Liste civile dévoilée.* 25 c. — CONCLUSUM sur la même question. 15 c. — ÉTAT DE LA QUESTION (1839). 50 c. — MAÎTRE D'ÉCOLE.   5 c.

TIMON. — QUESTIONS SCANDALEUSES D'UN JACOBIN au sujet d'une dotation (1840). 50 c.—TRÈS-HUMBLES REMONTRANCES DE TIMON au sujet de la loi des Lapins. 2 fr. — DE LA CENTRALISATION 1 fr. 25 c. — AVIS AUX CONTRIBUABLES. In-32. 50 c. — 2ᵉ AVIS AUX CONTRIBUABLES. 25 c.

J. BENTHAM.— CATÉCHISME DE LA RÉFORME ÉLECTORALE, traduit par M. Élias Regnault. 1 vol. 1 fr. 25 c.

SIEYÈS. — QU'EST-CE QUE LE TIERS-ÉTAT? 1 vol. 1 fr. 25 c.

P.-L. COURIER. — PAMPHLETS POLITIQUES ET LITTÉRAIRES, avec une Notice d'Armand Carrel. 2 vol. 2 fr. 50 .

P.-J. BÉRANGER. — ŒUVRES COMPLÈTES. 5 vol. 5 fr. 50 c

CHAPUYS-MONTLAVILLE. — Etudès sur Timon. 1 vol.
25 c. — Mazagran. 1 vol. 50 c. — Réforme électorale :
Le principe et l'application. 1 vol. 1 fr. 25 c.

ALTAROCHE. — Contes démocratiques. 1 vol. 1 fr. 25 c.
— Chansons politiques. 1 vol. 1 fr. 25 c. — La Réforme
et la Révolution, paraboles historiques. 1 vol. 1 fr. 25 c.

V. SCHOELCHER. — Abolition de l'esclavage. 1 volume.
1 fr. 25 c.

A. LUCHET. — Récit de l'inauguration de la statue de
Gutenberg. 1 vol. 1 fr. 25 c. — Fortifications de Paris,
Justes frayeurs d'un habitant de la banlieue. 50 c.

GÉNÉRAL PÉPÉ. — L'Italie politique. 1 vol. 2 fr.

CHARLES DIDIER. — Nationalité française. 1 vol. 75 c.

LOUIS BLANC. — Organisation du travail. 1 vol. 50 c.

LUDWIC BOERNE, fragments politiques et littéraires.
1 fort vol. 1 fr. 50 c.

AGRICOL PERDIGUIER. — Le Livre du Compagnonnage.
2e édition augmentée. 2 vol. 2 fr. 50 c.

BIOGRAPHIE DES DÉPUTÉS (Chambre dissoute). 2 vol.
2 fr. 50 c.

E. DUCLERC. — Droit public : de la régence. 1 volume.
1 fr. 25 c.

E. A. SEGRETAIN. — Exposition raisonnée de la doctrine
philosophique de M. Lamennais. 1 vol. 1 fr. 25 c.

A. DE LAMARTINE. Discours à la chambre des députés,
le 27 janvier 1843. 25 c.

DIALOGUE SUR LES CAISSES D'ÉPARGNE ; par M. Cormenin, député. 8 pages in-8. 5 c.

LES CAISSES D'ÉPARGNE ; par M. de Lamartine, député.
8 pages in-8. 5 c.

Plusieurs caisses d'épargne des départements, qui ont fait distri-
buer un grand nombre de ces écrits populaires, en ont obtenu d'excel-
lents résultats.

PRIX POUR LES CAISSES D'ÉPARGNE :

1,000 exemplaires des deux écrits ; 500 de chaque, 25 fr. —
2,000, 48 fr. — 3,000, 70 fr. — 5,000, 110 fr. — Et 10,000, 200 fr.

On peut demander indistinctement l'un ou l'autre écrit.

ALMANACHS-LIÉGEOIS.

14e ANNÉE.

Ces almanachs sont publiés chaque année, ils paraissent en septembre.

LE TRIPLE LIÉGEOIS contenant 100,000 LETTRES DE PLUS que les plus gros almanachs. Imprimé sur du papier très-fort, quoique blanc. Orné d'un grand nombre de jolies vignettes. Prix : 20 fr. le cent.

LE NOUVEAU DOUBLE LIÉGEOIS. 15 fr. le cent.

LE DOUBLE ALMANACH FRANÇAIS, ou le Nouveau Nostradamus. 12 fr. 50 le cent.

LE VILLAGEOIS, almanach de l'agriculture et des campagnes. 10 fr. le cent.

LE PETIT LIÉGEOIS. 7 fr. le cent.

LE VÉRITABLE UNIVERSEL, très-gros vol., contenant 300 pages. 23 fr. le cent.

LE GRAND ASTROLOGUE UNIVERSEL, ou le véritable Triple Liégeois journalier; par MATHIEU LAENSBERG. 25 cahiers. Le cent, 25 fr.

LE VÉRIDIQUE, almanach sans pareil. 25 cahiers. Le cent, 25 fr.

SOUVENIRS D'UN GRAND HOMME, almanach journalier, 25 cahiers. Le cent, 25 fr.

LE VÉRITABLE NOSTRADAMUS, almanach journalier. 25 cahiers. Le cent, 25 fr.

LE VÉRITABLE DOUBLE LIÉGEOIS, almanach journalier. 21 cahiers. Le cent, 20 fr.

Le même de 17 cahiers. Le cent, 15 r.

Le même, de 14 cahiers. Le cent, 12 fr. 50 c.

Le même, de 11 cahiers. Le cent, 10 fr.

Le même, de 5 cahiers. Le cent, 5 fr.

NOTA. Ces ALMANACHS-LIEGEOIS ornés d'un grand nombre de jolies vignettes gravées exprès pour les récits, anecdotes et nouvelles qu'ils renferment chaque année, sont imprimés avec soin sur un papier *à la forme* très-fort et très-blanc. Ils sont plus gros et contiennent plus de pages que les almanachs publiés à Rouen, qui sont imprimés sur du papier dit *mécanique* et qui se vendent plus cher.

Une correspondance active et suivie avec tous les départements nous a permis d'établir avec une grande exactitude le TABLEAU DES FOIRES.

ALMANACH POPULAIRE

DE LA FRANCE

POUR 1845

par des Députés, des Membres de l'Institut, des Magistrats, des Journalistes, etc.;

10ᵉ ANNÉE.

1 volume de 144 pages,
Illustré d'un grand nombre de jolies vignettes.

Prix : 50 c.

HISTOIRE PITTORESQUE DE LA FRANC-MAÇONNERIE

ET DES SOCIÉTÉS SECRÈTES.

Contenant le tableau de l'organisation, des établissements, des travaux, des cérémonies, des mystères, des symboles de la franc-maçonnerie, et l'histoire générale et anecdotique de toutes les associations secrètes anciennes et modernes.

Par F.-T.-B. Clavel, maître en tous grades.

Un beau volume in-8º, illustré par 25 jolies gravures sur acier, dessinées et gravées par MM. Seigneurgens, Beaucé, Louis Marvy, Monin, Compagnon, etc., et publié en 25 livraisons à 50 centimes.

Huit livraisons sont en vente.

NOTES ÉCONOMIQUES *sur l'administration des Richesses et la statistique agricole de la France*, où sont traités dans leurs plus grands détails, et du point de vue le plus élevé, toutes les questions d'économie, politique, industrielle et agricole : sucres, vins, soieries, bestiaux, laines, biens communaux, etc., etc.; par M. C. L. ROYER, d.-m.-p., directeur du *Moniteur de la Propriété et de l'Agriculture*, membre correspondant des sociétés d'agriculture de Paris, Moulin, etc. 1 fort vol. in-8 grand raisin, avec beaucoup de tableaux et un atlas grand in-folio jésus, de seize tableaux.   12 fr.

Imp. SCHNEIDER et LANGRAND, rue d'Erfurth, 1.

www.ingramcontent.com/pod-product-compliance
Lightning Source LLC
Chambersburg PA
CBHW051827020726
47502CB00005B/1662